パンとスープとネコ日和
優しい言葉

群ようこ

角川春樹事務所

優しい言葉

パンとスープとネコ日和

装画　姫野はやみ
装幀　藤田知子

1

急に亡くなってしまったネコのたろが、二倍になって戻ってきてくれたのはありがたいが、アキコにとってはすったもんだの日々のはじまりでもあった。しまちゃんが教えてくれた、お兄ちゃんのほうの額のMの字がくっきりした子は「たい」、弟のほうを「ろん」と名付けた。どすこいが二倍になったので、どすこいだったたろから一文字ずつ「た」と「ろ」をとったのだが、まだ慣れないので、「たろ」と「たい」と「ろん」がまじってしまい、そろそろ記憶に不安を持ちはじめたアキコには、頭の体操になりそうだった。

最初、

「たいちゃん、ろんちゃん」

と呼んでも、彼らはきょとんとしていた。自分が呼ばれているのを覚えて欲しいので、アキコはMの字がくっきりしてるたいの体を抱っこして、目をじっと見て、

「たいちゃん、あなたはたいちゃんよ。わかる？　たいちゃん、かわいいね、覚えてね」

といった。次は自分たちの姿をじっと見ていたろんを同じようにして、

「ろんちゃん、あなたはろんちゃんだからね、お願いね。かわいいね」

といった。ネコたちはむくむくした体を、アキコにすりつけながら、

「ふがあ、ふがあ」

と鼻を鳴らした。たろ一匹でも重量感があったのに、それが倍になると、うれしいけれどアキコは、

「ああ、うう、わかった、わかった」

と二匹の重量級の攻撃に、足を踏ん張って耐えるしかなかった。

アキコは朝、どすこい兄弟に起こされる。夢うつつで顔に風が吹いている感じがする。しかしそれは自然のなかのそよ風ではないらしいと、アキコは本能的に察知して、

(何?　何なの、これは)

と夢の中で首を傾《かし》げている。そのうちだんだんと目覚めてきて、ぼーっとしながら目を開けると、アキコの両側から顔をのぞきこんだ、兄弟の大きな顔が大アップになった。

「わっ、びっくりした」

アキコが目を開けると、兄弟は興奮し、

「うにゃー、うにゃー」

「うあー、うあー」

とテンションが上がる。アキコの顔に向かって吹いていた風は、どすこい兄弟の鼻息だった。

「どうりで爽《さわ》やかさがないと思った……」

自然を渡る風ではなく、オスネコの体内を巡って鼻から出される風なので、なんだか生臭い感じがしないでもないが、その息でさえも愛《いと》しい。

たいとろんは、アキコが起きたとたん、

「ごはん、ごはーん、ごはあーん、早くちょうだいよーっ」

である。飼われていた家から追い出されるという、辛《つら》い経験をした子たちなので、すぐに懐いてくれるか心配していたが、連れてこられた瞬間から、もとからここにいるような態度で過ごしている。あの世からたろが遠隔操作しているのではないかと思うほどだ。

「わかった、ちょっと待ってちょうだい」

アキコが髪を撫《な》でつけ、パジャマ姿のまま立ち上がると、兄弟は、

「うわあー、うわあー」

と大声で鳴きながら、アキコの回りをぐるぐると走り回る。アキコが歩きはじめると、たいは右足、ろんは左足に体をぶつけてくる。彼らは体をこすりつけているつもりなのだろうが、とにかく重量級なので、ぶつかってくるという感覚でしかない。

「はい、はい、わかりましたよ」

何をさておいても、まず兄弟の洗ったみたいにきれいになっているお皿を洗い直し、カリカリを計量していれてやる。まだ床に置く前から、お皿に顔を突っ込んで食べようとする。

「本当に食いしん坊なんだから」

兄弟の関心はすでにカリカリに移っているので、アキコが何をいっても無反応である。そしてその間にアキコはトイレに行き、身支度を調えるという流れになってしまった。

兄弟が来た翌日、彼らはまだ起こしには来なかった。たろがいなくなってからのこれまでの習慣で、アキコは目が覚めてまずトイレに行ったら、物音を聞きつけて起きてきた兄弟は、ドアの向こう側で、

「ぎゃあぎゃあ」

「うわあ、わー」

の二重唱をしていた。そして次にはバリバリとトイレのドアを引っ掻《か》く音が聞こえ、ドアの下の隙間《すきま》から、四本の手がにゅっと出てきて、それぞれがワイパーみたいに左右に動き、

「うぎゃあ、ぎゃあぁ」

と叫びながら、必死にさぐっている。

「わかりましたよ、待っててちょうだい」

アキコがそそくさと用を済ませ、ドアを開けるとネコたちは必死の目つきで、まるで、

「なんでおれたちを無視したんだよお」

とアキコの態度をなじっているかのようだった。たろの行動も思い出し、アキコは次の日から、彼らの要求を最優先することにしたのだった。

兄弟がカリカリを吸い込むように食べている間、アキコはネコトイレの掃除である。大量に食べて大量に出す。健康な証拠ではあるが、キャットフードもネコ砂も、たろのときよりも二倍量以上で減っていくので、在庫を確保するのも大変になった。ともかく縁があってアキコのところに来てくれたので、みんなで楽しく仲よくやっていければいい。しかし元気盛りのどすこい兄弟の迫力には、圧倒されっぱなしだった。

ご飯を食べると次は睡眠である。一度寝ると起きないので、この点はとても楽だった。たろがいたときと同じように、三階のドアを閉めても、ご飯さえもらえば黙っている。店を閉めて二階、三階と上がっていくと、階段を上がる足音に気がついて、ドアの向こうでは、

「うにゃー」

「にゃおー」

と声が聞こえる。そしてドアを開けたとたん、二個の爆弾がアキコの体めがけて飛んでくるのだった。

そしてアキコの晩御飯前に、台所のある二階に降りて兄弟にご飯をあげる。これからご飯をもらえるのがわかっているので、二匹は玉が転がるように階段を降りていく。ところが大食漢の二匹は、アキコの朝のパン食のときはそれほど興味を示さないのに、晩御飯に魚を調理していると、たらふく自分用のご飯を食べたはずなのに、

「あ、それ何です？　何ですか？　めっちゃくちゃいい匂《にお》いなんですけど」

と走り寄ってくる。

「これはだめよ。たいちゃんもろんちゃんも、自分のご飯を食べたでしょ」

そういい聞かせても、素直に引き下がるような兄弟ではない。二匹で調理台を見上げて、

「うわあ、うわあああー」

と大合唱だ。

「だめといったら、だめよ」

アキコの本心としては、こんなに欲しがっているのならあげたくはなるが、ネコの体調管理のためには、欲しがるままに何でもあげるのはよろしくない。

「一手間かけようか」

アキコは煮ようとした魚の一部を切り、それを削ったばかりの鰹節《かつおぶし》を少し入れたお湯でゆでて、たいとろんのスペシャル夜食にしてみた。

「うにゃにゃにゃにゃ」

「んみゃんみゃんみゃみゃ」

興奮状態で何事かいいながら、兄弟はゆでた魚のほぐし身を食べた。

「はい、おしまい」

兄弟は満足そうに、自分の顔の掃除をし、それが終わると、お互いの顔まで舐《な》め合って、並んで丸まってなごんでいた。なごみながらも、ろんのほうは、アキコが箸《はし》を上げ下げするたびに、じーっとそれを眺めていた。

アキコが食べ終わった後は、お遊びの時間である。アキコは両手にねこじゃらしを持って、二匹をとびつかせたり、転がしたりし、それに飽きてきたのがわかると今度は、ネズミのおもちゃで遊ばせる。ネズミのおもちゃを手にすると、兄弟の目の色が変わる。野性が目の奥から出現するといった感じだ。体勢を低くし、腰を上げておもちゃを凝視すると、お尻を左右に振りはじめる。

「はい、取ってきて」

アキコが部屋の隅に投げると、ものすごい勢いで追いかけていき、素早い両手の動きと、たくましい後ろ足の踏ん張りをきかせて、ネズミを捕まえる。そして、

「やった」

と胸を張ってそれをくわえて、アキコの前にぽとりと落とし、

「はい、もう一度」

とねだるのだ。たいとろんと、方向を変えてネズミを投げ続けていると、アキコも疲れてくる。それでも兄弟の野性の血は騒ぎ、いつまでたっても飽きない。

「はい、終わりますよ」

すると、

「うわあ」

「にゃーっ」

と不満大爆発になるが、どっこいしょと二匹を両脇に抱っこして、いい子、いい子と交互に耳元で囁《ささや》くと、そのうちいい感じになってくるらしく、

「くふっ、くふっ」

と甘えた声を出して目をつぶる。そして兄弟が目を覚ますまで、アキコの筋トレのような体勢は続くのだ。

寝るときはアキコを中央にした川の字だ。たろのときもいびきが強烈だったが、それが二倍になると、心地いい寝息を聞きながら入眠できるというよりも、相当うるさい。でもこれもネコ好きにとっては、幸せな状態なのだから、そのうち慣れるだろうと、毎晩、兄弟が寝入って

から眠る日々になった。

たろがいたときも、抜けた毛がついていないように、気をつけて部屋の掃除をしていたが、二倍になったのでより神経を使わなければならない。重量級の兄弟は、飼い主の気持ちなど察するわけもなく、フロアモップ、掃除機、コロコロ、雑巾《ぞうきん》がけの丁寧な掃除が終わり、ほっとひと息ついたアキコの目の前で、かーっと勢いよく首筋を後ろ足で掻く。ぱーっと毛が飛んでいくのが見える。

「ああ、あー」

思わず手に取ろうとしたが、アキコの右手は空をつかんで、毛ははらはらと床に落ちた。

「お掃除したばかりなんだけどねえ」

床にコロコロを転がしながら、兄弟のほうを見ると、今度は陽当《ひあ》たりのいい窓のそばにごろんと寝転びながら、二匹とも気持ちよさそうな顔で、体を掻いている。まるで誰かが抜け毛を撒《ま》いているかのように、彼らを中心に、ふわりふわりと毛が舞っている。

「あああー」

声をあげたアキコを、兄弟は、

「何？　何かあったの？　えっ、何か食べるものでもくれるのか？」

といいたげな顔でじっと見ている。アキコは苦笑いをしながら、

「いいよ、思いっきり掻きたいだけ掻いてちょうだい」

兄弟はしばらく丸い目をして、アキコをじっと眺めていたが、何ももらえないとわかると、

「あ、そうなのか」

というような表情で、ふうと息を吐いて寝入った。

アキコは台所で洗い物をしながら、二匹の様子を見ていると、まるでシンクロしたような寝方になっている。横になっておばけのように両手首を曲げて、同じように右側を向いている。

「やっぱり兄弟だから似るのかしら」

そのうち体をぴくぴく動かして、熟睡状態に入った。音をたてないように、棚の拭《ふ》き掃除をはじめると、今度は二匹で大いびきだ。たいが、

「んがー、んがー」

というと、ろんが、

「ふごごー、ふごー」

といいはじめる。そのうち「んがー」と「ふごー」が寄せては返す波のようになってきて、
アキコは、

「何なの、これは」

と笑ってしまった。

兄弟の食欲は信じられないほど旺盛《おうせい》だった。たろもそうだったが、それ以上に要求が激しい。兄弟のお気に入りのフランス製のキャットフードも、体重から換算した規定量では全く満足せず、お皿にいれたとたん、まるで吸い込んでいるみたいにあっという間に平らげる。特にろんは早食いで、さっと自分の分を食べると、出遅れたたいの皿に顔を突っ込み、横取りしようとする。

「こら、ろんちゃん、お兄ちゃんのを取ったらだめよ。自分の分は食べたでしょ」

そういっても目の前のご飯を前にして、ろんがいうことを聞くわけもなく、ぐいぐいと頭を突っ込んで、たいを押しのけようとする。

「ほら、たいちゃんもしっかりしないと」

いちおう足を踏ん張って抵抗しているのだが、そのうちたいは横に押しやられ、ろんはお皿を奪取して、かりかりといい音をたてて、たいの分を食べきる。それなのにたいは歯をむいて反撃するわけでもなく、悲しげに鳴くわけでもなく、仕方ないなあといった感じで、前足で顔をこすっている。

「あんたはのんきなのね」

頭を撫でてやると、顔をこするのはやめ、アキコの顔を見上げて、

「うにゃ」

と鳴いた。そこへ、

「おれの頭も撫でてくれよ」

とどすどすと割り込んでくるのが、ろんである。

「はいはい、わかりましたよ」

アキコは右手でたい、左手でろんの頭を撫でてやる。すると左右から、ぐふぐふという喜びの声が聞こえ、二匹はころりと横になり、お腹《なか》もお願いします状態になるのだった。途中でやめようとすると、それまでじっと目をつぶっていたのが、二匹とも顔を上げ、

「うぎゃっ」

と怒る。これもまたシンクロしている。うれしいような困ったような複雑な気分で、アキコは兄弟が満足して、

「もう結構」

と尻尾《しっぽ》をぱたぱたさせるまで、ずっと体を撫でてやるしかなかった。

アキコの両手は毛だらけになった。換毛期でもないのに、この抜け毛をいったいどうしようと思いながら、洗面所で丁寧に手を洗った。いくら丁寧に手を洗ったとしても、一本の毛が手についているかもわからない。それでお客様に出すサンドイッチを作っていたら、食べ物を提供する立場としては問題だ。たいとろんがきてくれて、喜びは二倍になったけれど、苦労も二

倍になるというわけだ。

「仕方ないよね、毛を抜くなといっても無理だもの」

アキコはぺたんと床に座りながら、シンクロ寝をしている二匹のネコを眺めていた。どすこい兄弟は、鼻の穴を広げて大いびきで爆睡していた。

しまちゃんも新しい家族が増えて、あたふたしているようだった。朝、お店で顔を合わせると、アキコが、

「どう？」

とたずねるのが日課になった。

「いやあ、かわいいんですけど、大変ですね」

しまちゃんはいつも苦笑いだが、

「名前を呼んだら、返事をするんですよ」

とすでに親馬鹿ぶりを発揮している。しまちゃんのところのネコの名前は、三毛のほうがフミちゃんで、白黒ぶちのほうがスミちゃんである。

「ずいぶんクラシックな名前ねえ」

「はあ。じっと顔を見ていたら、その名前が浮かんできたもので」

しまちゃんは顔を赤らめた。

「かわいいじゃないの、いい名前よ」

アキコが褒めるとしまちゃんは、

「ありがとうございます」

とうれしそうに笑った。

「アキコさんのネコちゃんたちは、兄弟だから仲がいいんじゃないですか。うちは血がつながってないので、縄張り争いがはじまっちゃって、結構、大変なんですよ」

フミちゃんもスミちゃんも窓際の棚の上が気に入っていて、鉢合わせしそうになると「しゃーしゃー」いい合い、どちらかが居座っていると、他の一匹がやってきて、ちょっかいを出す。すると、「うーうー」「わーわー」大騒動になるのだそうだ。

「本気の喧嘩《けんか》じゃないんですけど、しょっちゅう揉《も》めているんですよ。1DKのアパートなんで縄張りも何もないと思うんですけどねえ」

「ネコってそういうものなのよ。居場所を確保しておきたいのよね」

今のところスミちゃんが優勢らしい。

「私が家にいるときはいいんですけど、いないときに大喧嘩しているんじゃないかと思って、気が気じゃないんです。部屋に帰るとまずネコたちが流血していないか、毛が多量に抜けていないかチェックするようになってしまいました」

「ネコって嫌いな相手とは絶対にうまくいかないから、その程度だったらごく普通だと思うわ。どちらかがショックを受けてるっていうわけじゃないんでしょう」

「ご飯は、あんたたちはもういいっていうくらい、二匹とも食べてます」

「それだったら姉妹喧嘩みたいなものでしょう。大丈夫よ」

「だといいんですけど」

しまちゃんはそういいながら自分の服を見て、

「あっ、毛が」

といって払おうとしたものの、はっとした顔をした。店内で毛を落としていいのか迷ったようで、

「あ、えーと、あらっ」

とあせっていた。

「ネコの毛は困るわね。私も毛の量が二倍になったから、どうしようかと思って」

「気をつけなくちゃいけないから、ガムテープやコロコロを駆使しているんですけど。どうしても取りきれなくて」

「そうなのよね。どうしたらいいかなあ」

アキコは店の奥からコロコロを持ってきて、しまちゃんが着ているセーターの背中に転がし

た。

「ありがとうございます。あとは自分でやります」

しまちゃんは頭を下げて、両肩、胸から腹にかけて、コロコロを転がした。

「たろがいたときと同じように、ネコは店には出入りさせないけれど、私たちも店に立ったら、仕込みのときから一時間おきに自分の目には見えなくても、コロコロしたほうがいいかもしれないわね」

「こんなところにっていう場所に毛がついていたりしますからね」

しまちゃんは真顔でうなずいた。

両手を丹念に洗い、二人でレンズ豆と野菜たっぷりのスープの仕込みをする。

「大家さんは歳取《とし》ったネコを引き取ってくれたんですけど、何だか前よりも元気になっちゃって。この子よりも先に逝くわけにはいかないって、はりきっているんですよ」

「大家さんのところのネコはいくつ？」

「十二歳くらいじゃないかって、保護した方がいってました。大家さんは一階に住んでいるんですけど、『ウメちゃーん』って、すごく優しい声で呼ぶんですよ。ウメちゃんは庭に出てぼーっとしてるんですけどね。でもちゃんと、大家さんに呼ばれると、とてもかわいい声で、お返事するんです」

しまちゃんはウメちゃんも自分が飼っているかのように、目を細めた。アパート自体も古いのはアキコも知っていたが、ネコの名前までも古めかしく、それが建物にぴったり似合っている。

「他のネコが鳴くと、気にするでしょう」

「そうなんです。ウメちゃんの声がすると、ぱっと庭に面した窓にとびついて、うちのが二匹とも、下をのぞいて鳴くんです。ウメちゃんからは、今のところ返事はないんですけどね」

しまちゃんはネコを飼ってから、饒舌《じょうぜつ》になっていた。店じまいをし、

「それでは失礼します」

と頭を下げて店を出たとたん、小走りになる。少しでも早くアパートに帰りたいのだろう。ネコたちがお転婆《てんば》で困りますといいながら、全然、困っていないところも微笑《ほほえ》ましい。

「とにかく家族が増えたことだし、お互いにがんばりましょう」

アキコはそういって、日々、サンドイッチとスープを作り続けていた。

客数は特に変化もなく、夕方になるとスープがなくなって店じまいである。これから賑《にぎ》わう商店街なのに、相変わらずアキコの店だけが逆行している。向かいの喫茶店のママさんは、いつものようにやってきて、

「今日も終わりね、ご苦労さん」

といってくれる。

「はい、無事に終わりました」

「何だかさ、一日、一日が早いわね。ここのところ急に早くなってきたわ」

「私もそうですよ。あっという間に平気で二、三か月経《た》っているから」

「そうね。毎日、何をやっているのかね。いまひとつわからないね」

「そんな。ママさんはお客様においしいコーヒーを出していらっしゃるじゃないですか」

「まあねえ。でも味を保つっていうのが大事で、これから新しいことをやるっていうわけじゃないからさ」

「うーん、でもママさんは職人さんと同じだから、それが大事なんじゃないでしょうか」

アキコに職人といわれたママは、

「そうかなあ」

と少しうれしそうだった。

「そうですよ。素晴らしいですよ」

「ふふ。褒めてくれるのはアキちゃんだけだよ」

「そんなことないですよ。お店に来てくれるお客様たちは、みんなママのコーヒーを飲みに来てるんですから。今は安いコーヒーだっていくらでもあるのに」

「そうね、そうだね。ありがたいと思わなくちゃね。じゃ、これで」

ママさんはお店に戻っていった。そしてこれからアキコとどすこい兄弟の、誰にも邪魔されない夜がはじまるのだ。

ネコの毛について、しまちゃんは神経質なくらい気をつけてくれていた。アキコが、自分は老眼でよくわからないかもしれないといったので、まだ若いしまちゃんが、ネコの毛排除の責任者にならなければと思ってくれたらしい。これまでにも、お店にはコロコロを常備していて、仕込みの前と後、そして開店前には、埃《ほこり》などが目につかなくても、お互いにコロコロし合っていた。なのでネコの毛が入っていたなどの苦情は一度もない。

しかし今度はアキコのところはネコの毛量が二倍になったし、しまちゃんもゼロが一気に二倍になった。ネコの毛混入の可能性が四倍になったということである。エプロンは生成りよりも、黒にしたほうがいいかもしれないと意見は一致した。

「全身黒ずくめにしましょうか」

しまちゃんが真顔で聞いてきた。

「たしかにネコの毛は目立つけれど、あまりに黒すぎるというのもねえ」

「うーん、そうですね」

「エプロンを黒にすれば、それほど気にする必要はないんじゃないのかな。まずはエプロンの色を替えて、やってみましょう」

「はい、実は私、こんなにネコと密接に絡み合うなんて、思ってもいなかったんです」

「絡み合う？」

アキコは噴き出した。

「とにかく全部ネコ中心になってるんです。今までの生活っていったい何だったんだろうかって、不思議でなりません」

しまちゃんも、朝はフミちゃんとスミちゃんが、「わーわー」鳴く声で目覚める。

「寝ていると遠くからネコの声が聞こえてくる感じがするんですけど、面倒くさいからそのまま寝ていると、今度は体の上に乗ってくるんですよ。一匹だけじゃなくて、二匹で乗ってくるんです。それでもっと大きな声でわあわあ鳴いて。それが起きるまでずっと続くんです」

「ああ、やるわね」

「そうなんですか。あと三十分寝たいんですけど、起きなきゃならないんですよ。起きたら起きたで、今度は足元に絡みついて、また大騒ぎなんです。うっかりして踏んづけたりして、びっくりしたり、とにかくあの子たちは、口に何かが入るまで、ずーっと鳴いてるんです」

「うふふふ。ネコたちにとっては死活問題だものね」

「黙っていても、ちゃんとあげるからっていっているのに……。信用されてないんでしょうか」

「そんなことないわよ」

しまちゃんも見事にネコにやられているなと、アキコはおかしくなった。フミちゃんとスミちゃんは、ご飯をもらってお腹がふくれると、しばらく念入りにグルーミングをしている。やっとおとなしくなったとほっとしていると、突然、縄張り争いがはじまって、しゃーしゃーいって戦闘態勢に入り、追いかけっこがはじまる。しまちゃんが二匹の気をそらすために、ネコのおもちゃを持ち出すと目の色が変わり、ものすごくしつこく遊ぶ。しまちゃんがいい加減、飽きているのもかまわず、

「まだ、遊んで」

「まだまだ」

と許してくれない。

「二匹ともお転婆で。もう、おしまいって、おもちゃを引き出しにしまうと、今度は体にまとわりついてきて、二匹でわあわあいうんです」

とにかく二匹が体をこすりつけてくるので、

「かわいいねえ」

と二匹に声をかけ体を撫でると、やっと納得してくれる。喧嘩もせずに寝る場所をみつけて、

そこで丸くなって目をつぶるまでは、何段階も経なければならず、せわしなくて仕方がないというのだ。

「それでふと自分の服を見ると、そこから毛が生えているみたいに、毛だらけになってるんです。いくらコロコロをしても、取りきれなかったりするので。これでお店に出るのはまずいなって」

しまちゃんは困った顔をした。

「仕方がないわね。ネコを飼った人の宿命よ。今はまだいいけれど、換毛期になったらすごいから。ちょっと首を搔くと、ぱーっと毛が舞うもの」

「もっと大変になるんですね。甘えてくるのはとってもかわいいんですけど、どうしていいか戸惑うことも多いです」

「大丈夫よ。しまちゃんは優しいから、フミちゃんもスミちゃんも、ちゃんとわかってくれているわよ」

「はあ、私もついつい甘やかしちゃって」

「ちゃんとあのヒトたちはいっていることがわかるからね。だめなことはだめって教えて、あとはかわいがって、いろいろと話しかけてあげたら？　それで毛の抜けるのがおさまるわけじゃないけど」

「そうですね。急に二人の幼児を抱えたような気分です」

「この間、一緒に来たお友だちの男性はどうしてる？　あのアート柄のネコちゃんとうまくいっているのかしら」

「あ、シオちゃんですか。あの人は実家でネコを飼っていたので、慣れているんです。たまにあの子、名前はアーちゃんっていうんですけど、連れて遊びに来るんです」

しまちゃんはちょっと恥ずかしそうな表情になった。アキコはシオちゃんとの関係については深く突っ込まず、平静を装って、うなずきながら話を聞いた。

「そのときフミちゃんとスミちゃんはどうしてるの？」

「仲がいいんです。三匹で追いかけっこをしていて、まるでスカッシュのボールみたいに、部屋中をかっとんでいます」

「それはよかったわね」

「ええ、それはいいんですが、ネコが走り回った後は、必ず何かが壊れるか、落とされているので」

これはネコを飼った人が受ける洗礼でもある。

「降りられないくせに、ドアの上の細い幅のところとか、カーテンの上に飛び乗ったりとか、いったい何を考えているんでしょうかねえ」

しまちゃんは首を傾げている。

「何だかやりたくなっちゃうんでしょうねえ」

「それでもいいけど、飼い主に余計な手間をかけさせないで欲しいですよね」

しまちゃんは愚痴をいっているが、その裏側にはうれしさがあふれているのが、アキコにはよくわかっていた。

2

いくら気をつけていても、ネコの毛問題は一筋縄ではいかなかった。仕事の前にたいとろんと遊んでやり、二匹が遊び疲れると、アキコはネコとのお遊び用の服を脱いで洗濯機の中にいれ、仕入れに出かける。戻ると仕事用の服に着替え、ネコたちと接触していないけれども、粘着シートのコロコロでまんべんなく服の上を転がして店に出る。しまちゃんも家を出る前に、何度もコロコロしているのに、よく見るとエプロンに白い毛がひと筋ついていたりする。とにかくコロコロ用のロール紙を消費する量が激しく、アキコとしまちゃんは、お客さんがいないときは、お互いに全身をチェックするのだが、不思議なことに必ず、ネコの毛が見つかるのだった。

「取っても取っても、見つかりますね」

しまちゃんはため息をついた。

「静電気も影響しているのね。ネコが体を掻《か》くと、ふわーっと軽く空中を飛んでいくのに、着る物につくとなかなか取れないのよね」

「そうなんですよね。あんなに細いのに取ろうと必死になると、余計にへばりついたりするし」

「体にネコの毛がつくのは飼い主の宿命だけど、口に入れる物を作っている立場としては、それが器の中に入っているなんて、絶対にあってはならないことだから。とにかく店では、神経質になりすぎるくらいになりましょうね」

「そうですね。わかりました」

そういったしまちゃんのエプロンの左肩に、毛がついていた。

「やだ、さっき取ったはずなのに。私も老眼になってきたから、よく見えなくて。それともこのへんに毛が飛んでいるのかな」

アキコは店に入ってくる光を頼りに、その場でしゃがんで毛が飛んでいないかを見てみたが、よくわからない。

「だめだわ……。とにかく、コロコロと掃除、それしかないわね」

しまちゃんはうなずいて、埃《ほこり》を立てないように、かつ逃がさないように、丁寧に店の掃除をはじめた。アキコは手を洗おうと水を出し、何気なく手を見たら、左手の人差し指と親指の間に、グレーの毛が一本へばりついている。

「あら、やだ。こんなところにも」

水と共にネコの毛は排水口に消えていったが、あれが食材にくっついてお客さんの器に入ったらと考えると、背筋が寒くなった。

いつものように、喫茶店のママが、ドアの前で店内をのぞきこんでいる。アキコは、

「おはようございます」

とドアを開けた。

「おはようございます」

朝いちのママはいつも不機嫌そうな顔だ。最初は何かあったのだろうかと、心配になったが、こういうものだとわかってからは、アキコもにこやかに挨拶《あいさつ》できるようになった。

「どう、調子は」

「はい、相変わらずです」

「それは結構。昨今、相変わらずというのが、いちばんですねっ」

ママは掃除をしているしまちゃんに、

「本当にあなたは偉いわね。勤め人の鑑《かがみ》よ」

と声をかけ、

「それでは、失礼」

と店に戻っていった。

「ありがとうございます」

しまちゃんは御礼をいうのも間に合わなかったので、店のドアごしにママの背中に向かって頭を下げた。

前に比べて開店前に人が並ぶということはなくなったが、お昼時には次から次へと、老若男女が来てくれるようになった。男性だけのグループが来てくれるようになったのも、最近である。

「どうしてでしょうか」

考えていたしまちゃんは、はっとした顔になって、

「あの、別に味のことをいったんじゃなくて、これまでいらっしゃらなかった男性のグループが増えたので……」

とあせりはじめた。

「わかってるわよ。そんなにあわてなくても大丈夫」

「はい」

しまちゃんはほっと息を吐いた。

「開店当時は女の人ばかりだったものね。それからカップルが増えたり、子供連れがいらして下さったり。男性が一人で来店されるようになったのも、最近だものね」

「この間は学生さんだったし、昨日は会社員の方たちが」

「そうだったわね」

アキコには感じるところがあった。出版社に勤めているときもそうだったけれど、一冊、どこかが売れる本を出すと、それを真似《まね》した本が、あちらこちらの版元から出た。勤めていた出版社もそれをやられたことがあるし、逆にやったこともある。アキコ自身は真似は恥ずかしいという認識だったが、会社としては企業として利益を上げなくてはならない事情もあるから、仕方がなかったのかもしれない。自分がその本の担当にならなくて、本当によかったと思ったものだった。

男性のグループを信用しないわけではないが、アキコの目には不自然に映った。開店当初にも、明らかに偵察だと思われる人々が来店していたが、またそういった人たちが来はじめたらしい。サンドイッチの中身を食べる前にじっと眺めたり、パンをめくってみたり。食欲に促されて来店する男性たちは、トレイが目の前に出されるとすぐ、気持ちいいくらいにぱくっと食べてくれる。しかし彼らはそうではないのだ。そして店はＷｉ－Ｆｉ対応ではないので、必ず手帳をテーブルに置いて、メモを取る。

そのような男性のグループは、とても丁寧な感じのいいお客さんだった。アキコとしては自分が彼らに対して感じた好印象以上に、来ていただいてありがたいという気持ちを彼らに表すのが、店主としての自分の役目だろうとも考えていた。気にはなるけれど、他のお客さんに迷惑をかけているわけでもないし、アキコは他の客と同じように対応していた。類似店が出来たとしても、選ぶのはお客さんだし、それによってアキコの店が潰《つぶ》れたとしても、それはそれで自分が至らなかったからだ。しまちゃんには申し訳がないので、自分ができる限りの保証はさせてもらうけれど、そうなっても仕方がないとアキコは考えていた。

天気や曜日によって、スープの量を調整しつつ、相変わらず夕方には「ä《エー》」は閉店である。

「フミちゃんとスミちゃんが待ってるわね。明日はお休みだから、ゆっくりできるし」

「あ、はい」

しまちゃんはうれしそうに笑った。

「このごろますます、甘えん坊になっちゃって」

「へえ、どういうふうに？」

「うちは姉妹じゃないので、競るというか競争しているのもあるかもしれませんが、私が帰るとネコたちが玄関で待っていて、フミがまず飛びついてきていたんです。それをまず抱っこして、体をすりつけてくるスミの体を撫《な》でてやっていたんですが、この頃はスミも飛びついてくるようになってしまって」

「えっ、二匹とも？」

「そうなんです。だからアパートに帰ってドアを開けるとまず、足元に荷物を置いて、両腕にネコたちを抱っこして、部屋に入るという、筋トレ状態なんです」

「へえ。部屋に入ったらどうなるの」

「重いので部屋のローテーブルの下に敷いてある、ピースマットの上に下ろしてやると、今度は、二匹でわあわあ鳴いて、ご飯をくれって訴えるんです。台所のカリカリ置き場に行くと、すごい勢いでついてきて、ずっと手元をのぞきこんでるんです。それだったら玄関の横に台所があるんだから、そこでずっと待っていればいいんじゃないかって思うんですが、私が帰ったらいちおう抱っこしてもらって、部屋まで連れてきてもらって、また台所に戻るっていうのが、ネコたちの儀式になっているみたいで」

「ふふ、行ったり来たりしてるのね」

「そうなんですよ、どうも無駄な動きが多いんですよね」

不満そうにはしているものの、しまちゃんはとてもうれしそうだった。

「休みはずっとネコちゃんたちにご奉仕？」

「そうなんです。棚に置いてあるネコじゃらしをくわえてきて、目の前に置くんですよ。また別の日は、ネズミのおもちゃなんです。誰も教えてないのに、どうしてそんなことをするんでしょうか」

「お利口さんね。ちゃんとおもちゃがどこにあるか、覚えているのね」

「おまけになかなか飽きないんですよ。もういいでしょっていうのに、何度も何度も繰り返すし」

「結構しつこいのよね」

「それなのにこちらが抱っこしようとしてしつこくすると、さっと逃げるんですよね」

「それがネコなのよ。たろだって私が抱っこすると、ちょっと迷惑そうな顔していたもの」

「逃げなかったんですか」

「そうなの。我慢してたみたい」

「かわいいですね、たろちゃん……」

二人はしばらく黙った。それぞれの頭の中で、たろが無邪気に走り回っている。

「でも、今は二倍になって、たろちゃんが帰ってきましたから」

「かわいいのも大変なのも二倍になったわ。今日もご苦労様でした。また明後日よろしくね」

「はい、ありがとうございました。お先に失礼します」

いつものように丁寧にお辞儀をして、しまちゃんは帰っていった。休みの日は、彼がアバンギャルドな模様の飼いネコを連れてきて、一緒に過ごしているのかなと思ったが、彼女には聞かなかった。女の子のなかには、やたらと自分の恋愛について聞いてもらいたいタイプもいるけれど、しまちゃんはそうではないだろう。

「私も明日はネコサービスの日になるな」

アキコは両手をぐるぐると回して、シャッターを下ろすために外に出た。アキコが店を閉める準備をしているのを、不思議そうに見ている通行人もいる。

「あの店、もう閉めてるよ。まだこんな時間なのに」

「客が来ないんじゃね。この時間に店を閉めるなんて信じられないよ」

若い男女の声が、アキコの背後から聞こえた。振り返らないでシャッターの鍵《かぎ》を閉めていると、

「今日もご苦労さん」

といつものドスのきいた声がした。

「あ、ありがとうございます。明日は定休日なので、よろしくお願いします」

アキコは頭を下げた。

「何なの、あの子たち。今時の子は本当に思いやりっていうもんがないんだからねえ。失礼だっていうんだよ、まったく」

ママは憎たらしげに、カップルの背中をにらみつけている。アキコは店を開いた当初、ママから、「もう店を閉めるのか」と耳が痛くなるくらいにいわれたのを思い出し、笑いがこみあげてきた。

「私の若い頃も、知らないうちに人を傷つけていたと思いますよ。あんなふうだったんじゃないでしょうか」

「そりゃあ、そうかもしれないけどさ。だいたい生意気すぎるんだよ。我慢もできないくせにかわいげがないんだよね」

ママは腕を組んで不満そうな顔のままだ。

「昔は、ああいう子たちを、こっちがいろいろと教えてやらなくちゃって思っていたけど、最近は歳《とし》を取ったのか、そういう気もなくなっちゃってね」

彼女はため息をついて、右手で首の左側の筋を押しはじめた。

「アルバイトの子もいてくれれば助かるんだけどね。雀荘《ジャンそう》への配達も結構あるし。だけどね、アキちゃんのところの、あの子みたいな人が来てくれればいいんだけどさ。やりたいっていう子もいるのよ。でも店のお客さんたちを見たとたん、『あ、もういいです』っていうのよ。何が『いいです』だよって腹が立つんだけどね」

「何が、もういいんですか」

「ほら、客がじじばば、おやじ、おばちゃんばかりでしょ。若い男の子が全然、いないじゃない。だから楽しみがないのよ」

「え？　だってアルバイトなんだから、そんなことは……」

「今は違うんだって、アキちゃん。どうせ働くのなら、男の子もいる、はやりのカフェみたいなところがいいのよ。だいたいそういうところで面接に落ちた子が、うちの店に流れてくるんだけどね。前にうちにいたお嬢さんも、最初はそうじゃなかったんだけど、ちやほやされているうちに勘違いしちゃってねえ。結婚するのはおめでたいんだけど。人を使うのは難しいね。本当にアキちゃんがうらやましい」

「ええ、しまちゃんに関しては、本当に運がよかったって思います」

「大事にしなくちゃ。副社長にしてあげなくちゃいけないよ」

「うふふ、副社長ですか。そうですね。その資格はありますね」

二人は人が行き交うなかで、雑談を続けていた。

「ママさん、久しぶり。近所まで来たから」

スーツ姿の中年男性が声をかけてきた。

「わあ、久しぶりねえ。飲んでいってくれるの」

「もちろんですよ」

「うれしいね。この人ね、学生時代から二十年以上も通い続けてくれているの。勤め人になっても近くに用事があると寄ってくれるから、ありがたいね。じゃ、アキちゃん、お疲れさま」

ママの足取りがはずみ、店に入ろうとする彼の背中を押している。アキコは以前にも、ママの喫茶店に若い頃から、ずっと通っているお客さんがやってきたのを見た。きっとママの店は常連さんで家族のようになっていて、そこにアルバイトの若い女の子が加わろうとしても、雰囲気になじむのが難しいのかもしれない。母の店の常連さんたちと、アキコが家族のようにはなじめなかったみたいに。陽《ひ》が落ちてきた空を一度見上げて、家の中に入った。

階段を三階まで上がり部屋のドアを開けると、どすどすと音がして、たいとろんが突進してきた。

「ごめんね、お待ちどおさま」

ボウリングのピンのアキコに、二個の重いボールがものすごい勢いで転がってきて、ぶつかった。その突進力にアキコはよろめきそうになった。

あわてて、

「うああ、うああ」

腹減ったとまず大声で鳴くのは大食漢のろんだ。弟が鳴きはじめると、兄のたいのほうが、

「あああ、あああ」

と鳴きはじめる。そして腹減った、何かくれの大合唱になる。

「わかりましたよ。ちゃんとご飯、食べたのかな」

器を見てみると、二匹が協力して洗ってくれたかのように、ぴかぴかになっている。

「えらいね、全部食べたんだね」

アキコが器を洗っていると、二匹は後ろ足で立ち上がり、シンク下の扉に手をかけて、

「はやく、はやく」

とわめく。「うああ」と「あああ」の合唱は、カリカリの袋を取り上げたとたんに、一オクターブ上がり、目がまん丸くなって瞳孔《どうこう》がめいっぱい開いている。

「はい、はい、今あげるから」

二匹はアキコの存在など無視して、この世の中にはカリカリが入った、自分たちの器しかないかのように目を離さない。

「さあ、どうぞ」

アキコが両手に器を持って、トレイの上に置こうとするのを、彼らは上を見ながら鳴き続け、器を下に置かれるのが待てず、首を伸ばして器の中に顔を突っ込んだ。がふがふがふと音を立てながらカリカリを食べている姿を見て、アキコは、

「これはネコではない」

とつぶやいた。どうみても小熊《こぐま》に近い。太ると体に問題が起こる可能性が高いので、食べたいだけ食べさせるわけにはいかないのだが、二匹が飼い主の男からされた仕打ちを考えると、今のところはちょっと甘やかしてもいいかなと考えた。しかしその後は、しっかりと体調管理をしなくてはならない。この兄弟にたろと同じ思いをさせるのも、また自分がそんな事態に遭遇するのも絶対にいやだ。

兄弟はいつものように、あっという間にカリカリを食べ終わり、

「他には？　昨日はネコ缶があったけど」

といっているような表情で、じっとアキコの顔を見ている。

「えっ　なあに？」

アキコがしらばっくれると、ろんが、

「ういいーっ」

と低い声で鳴いた。責めるような声だ。

「足りないの?」

兄弟はじっとアキコの顔を見ている。明らかに、

「わかってるだろうな」

という表情だ。

「そうだね、昨日もネコ缶、半分ずつ食べたものね」

アキコがネコ缶を手にすると、二匹はまた、「うああ」「あああ」と大きな声で鳴き、後ろ足で立ってアキコの体にすがりつき、

「うんにゃー」「にゃあああ」とさっきとは違うトーンで合唱しはじめた。

「本当にあなたたちは、いろいろな鳴き方をするのねえ」

アキコは笑いながら、ネコ缶を開け、ネコ缶専用にした金属製のバターナイフで、きっちり半分に分け、それぞれの器にいれた。「んまんまんま」と声を出しながら、二匹はこれまたあっという間にきれいにネコ缶を平らげた。そしてまたアキコをじっと見る。しかしさっきのような必死の形相とは違い、いちおうもらったので、落ち着いた顔になり、

「よければもうちょっともらえませんか」

といいたげな態度にはなっていた。

「今日はこれで終わりよ」

アキコがそういうと、二匹は納得したらしく、床の上に並んでどでっと横になり、それぞれ前足で顔を撫で回しはじめた。

二階にある台所に行こうとすると、兄弟は食べ物の匂いを感じとって一緒に下に降りてくる。自分の夕食のパスタを作りながら、アキコが見ていると、二匹は自分のグルーミングをしていたかと思うと、隣にいる片割れの体を舐《な》めてやったりしている。これも兄弟愛というものなのだろうか。一匹でいたたろは、そうやってくれる仲間はいなかった。その相手をしてくれるのは自分しかいなかったのに、何もしてやれずに、あんなことになってしまったなあと、アキコはちらりとたろの写真を見て、涙がこぼれてきた。

ティッシュで涙を拭《ふ》きながら、たいとろんを見ると、アキコの感傷的な気持ちなどわかるわけもなく、

「ぼあああああ」

と顎《あご》がはずれるのではないかと思うほどの、大あくびをして、ごろりと横になった。

「気楽ねえ、あなたたちは」

パスタにかけようと、冷蔵庫からチーズを取り出すと、寝落ち寸前だった兄弟は、目をぱっちりと開けてむっくり起き上がり、食卓の椅子《いす》に座ったアキコの足元に座って、

「うわあ、うわあ」

と鳴きはじめた。

「これは人間の食べるものだからね。あなたたちには、明日、チーズ入りのご飯を買ってきてあげるから。だからこれはだめなのよ」

兄弟はしばらく粘っていたが、そのうち諦《あきら》めてまたごろりと横になり、いつの間にかいびきをかいて寝はじめた。たいの体の上にろんが顎をのせて、目をつぶっている。

「ろんちゃんも重いから、たいちゃんは眠れないんじゃないのかしら」

と心配したけれど、たいはそんなことなどまったく気にしていないようだった。

簡単に晩ご飯を済ませたアキコが、食器を洗い台所の拭き掃除を終えて、食後のお茶を淹《い》れている間も、兄弟は爆睡している。試しに冷蔵庫の扉をぱたんと開け閉めしたら、たいが右目だけをうっすら開けたけれど、特においしそうな匂《にお》いもしなかったらしく、また目を閉じた。

アキコは兄弟の姿を眺めながら、お茶を飲んだ。母が急死して一人になり、そこにたろが来てくれて二人になり、そしてまたたろがいなくなって一人になり、今度はたろが二倍になって、たいとろんとで三人になった。

人の縁も不思議だけれど、人と動物の縁も不思議だ。たろが亡くなってからは、外ネコと関《かか》わるのが楽しみになっていたけれど、新しくネコを飼うのには積極的になれなかった。里親探しをしている団体がたくさんあるのは知っていたが、まだ次のネコを受け入れる気持ちにはなっていなかった。たいやろんにとっては不幸なことではあったが、家からひどい仕打ちをされて追い出されて保護され、しまちゃんのお世話でここにやってきた。それも突然やってきたのだ。前もってしまちゃんに、

「保護されたネコがいますけど、どうしますか」

と聞かれたら、

「まだ、私は飼えないな」

と断ってしまったかもしれない。しまちゃんは理不尽な事情で家を追い出された猫たちの話を聞いて憤慨し、何とかしてネコの居場所を見つけてあげようとして、直接家に持って来るという行動をとったのだろう。

「でも、見ちゃったらだめよね」

アキコは寝ている兄弟に小声でそう話しかけた。相変わらず彼らはいびきをかいて寝ている。たいの上にのっていたろんが、ずるっとずれて床の上にごろりと横になった。しばらくすると、ぱかっと両手両足が開き、すべて丸出しになってしまった。それでも目を開けないのを見て、アキコは思わず笑ってしまった。体が軽くなったたいのほうも、

「くううー」

と声を出したら、こちらもごろりと横になり、ろんにくっついている。ぱかっと開いたろん

の体を、むっくりとした両手が横から支えているような形だ。お茶請けがなくても、彼らの姿が十分すぎるほど、アキコを楽しませてくれた。

　アキコはたろのときは特に必要だと思わなかったので、キャットタワーを買わなかったけれど、兄弟のために、キャットタワーを買ってやった。天井までの高さがあって六段階段があり、囲いのあるネコベッドも二か所ある、大きなタイプである。それを設置したものだから、二階のLDKのインテリアに関しては諦めた。二匹はタワーをとても喜び、大きな体で敏捷《びんしょう》に上り下りしている。運動不足をこれで解消してもらいたいという、アキコの希望もある。しかしやはりいい天気のときは、陽の当たる場所がいいらしく、窓の下に置いた、ふかふかのタオル製のマットの上にごろりと横になるほうが多い。

　兄弟とはいえ、場所取りで喧嘩《けんか》したりするのではと思っていたものの、二匹でキャットタワーのベッドの前で、もそもそと揉み合っている姿を見たぐらいで、シャーシャーと威嚇し合うこともなく、ふと気がつくとどちらかがそこで寝ていた。その時によって、かわりばんこに譲り合って寝ているようにも見えた。いちばん兄弟が揉めるのは、片方だけがアキコにかまってもらっているときだ。アキコがふざけて、たとえばたいだけを抱っこして、

「かわいい、かわいい」

　といっていると、ろんがものすごい勢いで走ってきて、

「わああ、わああ」

とアピールする。抱っこされているたいのほうは、上から見下ろして、ふごふごと鼻をならしている。そうなるとアキコはごろりと床の上に仰向けになる。すると兄弟は、

「ふご、ふごごご」

と体の中から音を発しながら、アキコの顔や首の匂いをかぎ、顔をぺろぺろと舐める。冷たい鼻が触るとびくっとしたり、ざらっとした舌が少し痛いものの、これも彼らの愛情表現なので、アキコは、

「はい、ありがと、ありがと」

といいながら頭を撫でてやる。するとたいは、撫でていない側の腕と体の間の隙間《すきま》にもぐりこんできて、脇の下に鼻先を突っ込むようにしてくる。そこでうつぶせになったまま、じっとしているのだ。

「こんな大きな体で、こんな狭いところに入らなくてもいいのに」

そういっている矢先、ろんのほうは当たり前のような顔をして、アキコの腹の上にのってくる。ずっしりとした重みが伝わってくる。

「ろんちゃん、また重くなった?」

ろんはアキコの腹の上で寝るのを決めたらしく、ぐるぐると何回か腹の上でまわった後、く

るりとそこで丸くなった。その間中、アキコはずっと腹筋に力を入れなくてはならなかった。

「しまちゃんと同じで、これが私の筋トレにもなるかもしれないわね」

アキコは体の側面と腹の上にネコの体温を感じながら、じっと目をつぶった。このまますぐにでも眠ってしまいそうだったが、大人としてこれはまずいので、

「お店のメニューはどうしようかな。季節が変わったら、小さいおかずのバリエーションも増やしたほうがいいかもしれないな」

などと、あれこれメニューを考えながら体を起こし、どっこいしょと兄弟を両腕に抱えて、三階に上がった。

アキコがうつらうつらしながら、ベッドであれこれ考えていると、再び脇の下にもぐっていたたいが、狭い場所にいるのがしんどくなったのか、むくっと体を起こし、ぼあああと大あくびをした後、ひょいっとアキコの腕を飛び越えて、ネコベッドに入った。そこには居心地がいいようにと、アキコはオーガニックタオルを敷いてやっている。

「至れり尽くせりだね」

声をかけてもたいにはわかるわけもなく、両前足に顎をのせて目を閉じた。アキコはそういうネコの姿が、かわいくて仕方がないと思うのだけれど、しばらくすると位置を変えてしまい、たいの背中しか見えなくなった。腹の上にいたろんも起き上がり、すでに陽がささないタオル

のマットの上か、アキコのベッドの上に移動して寝てしまう。さっきまでネコに囲まれて、ネコ大尽だったアキコは、あっという間に、ただのベッドに寝転んでいるおばさんになった。寝ながらたろの写真に目をやった。

「たろちゃん、ありがとう。たろちゃんがたいとろんを連れてきてくれたんでしょう」

連れてきてくれたのはしまちゃんだが、兄弟が家に来たのは、あちらの世界でたろが暗躍したのではないかと、アキコは考えていた。

「こんなふうに思っているなんて、しまちゃんにもいえないわね」

アキコは妙にスピリチュアル気分になっている自分を自嘲《じちよう》した。いつもたろが一番目で、結局は二番になってしまうのだが、母の写真に目をやると、

「まあ、元気でおやり」

といっているような気がした。

「いつまでもこうしてはいられないわね」

アキコは起き上がり、別の用事をはじめる。そんなことを繰り返して、アキコと兄弟は過ごしていた。

店のメニューについては、グレープフルーツをはずした。あるとき三人の年配のご婦人のグループが来店した。いつものようにしまちゃんがメニューの説明をしている途中で、厨房《ちゆうぼう》に戻

ってきた。

「あの、フルーツなんですけど」

「はい」

「グレープフルーツを他のものに替えていただけますか」

「わかりました。できますよ」

しまちゃんはうなずいてまたお客様のところに戻り、オーダーをとって戻ってきた。そのときにアキコはしまちゃんには何も聞かずに、彼女たちはグレープフルーツが嫌いなのだろうくらいにしか考えていなかった。

その日、閉店前の反省会のとき、アキコがグレープフルーツの件をしまちゃんにたずねると、

「みなさん、日常的にお薬を服用なさっているそうで、グレープフルーツが薬の効果に影響を及ぼす可能性があると、お医者さんからいわれているので、避けているとおっしゃってました」

「ああ、なるほど」

いろいろな年齢の人が来店すると、こういうことも考えなくてはいけないなと、アキコは反省した。

これまでにもどうもグレープフルーツは残されがちだった。

「どうしてかしら、グレープフルーツって、とってもおいしいのにねえ」

バナナだと、残す人はゼロなのだ。

「みんな甘い味のほうが好きなのね。酸味が強いものは、そのままだと食べにくいのかもしれないわね」

「そうですね、男性も甘い物が好きですし」

「はちみつか砂糖をかけるっていう方法もあるけど、はちみつは小さい子にはだめだし、果物本来の味を砂糖で調整するっていうのもね。残念だけどやめましょうか。バナナを主にしてみる?」

「そうですね。そうしてみましょう」

しまちゃんと相談して、まずフルーツを変更した。開店から何十年も経《た》っているわけではないけれど、明らかに世の中の味覚の好みは変わってきていた。それに従ってアキコの味付けがぶれるわけではないけれど、提供したものを残されるのは悲しい。幸いこれまでにサンドイッチもスープも残された経験はなかったけれど。

「スープ以外のものについても、考える時期なのかもしれないわね。しまちゃんもアイディアを出してね」

「はい、わかりました」

いつになく充実した反省会だった。そんな二人をママが、ガラス戸からじっと眺めていた。

3

朝、しまちゃんはやってくるなり、

「アキコさん、知ってますか」

と真面目《まじめ》な顔でいった。

「何？」

「あの、あそこの大通りの……」

「うん、商店街のはずれね」

「ええ。通りを渡ったところに、駐車場がありましたよね。そこで工事がはじまってるんですよ。背広姿の男の人が三人いて、現場の責任者みたいな人と話をしてるんですけど、スープとかパンとかいってるんです。あれっと思って、バッグの中を探すふりをして、立ち聞きしたんですけど、冷凍冷蔵庫とか厨房《ちゅうぼう》とかいっていたので、ここと同じような店を出すつもりなんじゃないでしょうか」

「そうなの。へえ、そうなんだ」

アキコがおっとりとうなずいていると、しまちゃんは、

「真似《まね》するにしても、こんな近くでやる必要なんかないじゃないですか。ちょっと失礼ですよね」

と怒っている。体は大きいけれど、小学生みたいな表情になっている彼女を見て、アキコはおかしくなった。

「まだ決まったわけじゃないでしょう。もしかしたら、スープとかパンとかいう名前の洋服屋さんかもしれないし」

「まさか。このお店の評判がいいから、真似したんですよ、きっと」

「真似されれば一人前っていうけれどね。いったいどうなるんでしょうね」

アキコは苦笑いしながら、調理用のエプロンをつけた。

「たしかに大通りまでは、歩いて何分かはありますけど、ふつうだったら恥ずかしくてできないんじゃないですか」

珍しくしまちゃんが憤慨しているので、アキコは、

「まだ決まったわけじゃないから」

となだめた。

二人で並んで仕込みをしていると、しまちゃんはまだ、

「私はスープとかパンとかいう洋服屋さんじゃないと思います」

とぼそっという。アキコは笑いを堪《こら》えながら、

「そうだとしても、うちはうちのやり方を続けていけばいいのよ。もしそれで潰《つぶ》れたとしても、それは仕方がないわね。でも安心して。しまちゃんに対しては私は責任を持つから」

「え、あの、お給料もボーナスも十分にいただいて、ありがたいです。それは心配していないんですけど」

しまちゃんは手にしたニンジンを置き、体育会系のお辞儀をした。

「でも、私はこのお店が無くなるのがいやなんです。アキコさんがお母さんからお店を引き継いで、中もきれいに整えて、良心的に経営しているっていうのに、企業が小さな店のいいとこどりをして、ちゃっかり真似をするというやり方がいやなんです」

「でも、世の中ってそういうものなのよ。たしかに問題の多い店は淘汰《とうた》されてしかるべきだけど、良心的な商いをしていても、潰れてしまう店もあるのは本当なのよ。母の店を引き継いだといっても、場所だけでしょ。この店は母の全否定からはじまったようなものだから」

「そうですか」

「そうよ。だから母のお店の常連さんは一切、いらっしゃらなくなったでしょう。私は彼らの行きつけの店を無くしてしまったのよ。残念だけど行動を起こすのに、傷つける人が出てきてしまうのは、しょうがないのよ」

開店以来、店の事情を知っているしまちゃんは、うーんと考えてしまった。

「ともかく私たちは、周囲に惑わされずに、自分たちのやるべきことをやりましょ」

アキコがにっこり笑うと、彼女は、

「わかりました。余計なことを耳に入れてしまって、すみません」

と申し訳なさそうな表情で、ものすごい勢いで玉ねぎを洗いはじめた。

「お店のこと、気にしてくれてありがとう」

しまちゃんは黙って頭を下げた。

その日、アキコより少し年上のように見える女性四人が長居していた。それぞれ宝飾品を身につけて、株や土地の情報交換をしている。アキコの店ではコーヒーや紅茶を出していないので、ふつうは食事の後は向かいのママの店に行くか、他の店でお茶を飲むお客さんが多い。出せるのは味がわからないくらい、ほんの少しだけ無農薬のレモン汁を垂らしたお水しかないのだが、しまちゃんが何度もお水を追加しに、厨房とテーブルを往復していた。するとそのなかの一人が、

「ごめんなさい。たびたび。よろしかったらそのピッチャーをここに置いていただいてかまわないのだけど」

という。アキコはしまちゃんの目を見てうなずき、厨房のクロスが入れてある引き出しから円形のハンカチを取り出し、それを下に敷いて、ピッチャーを置いてもらった。そのハンカチは直径二十五センチくらいの薄手の麻布で、縁から幅七センチほどの部分に、白い刺繍糸《ししゅう》で波と魚がびっしりと刺繍されているものだった。

「あら、丸いハンカチ？　まわりに刺繍がしてあって。素敵。これどうなさったの？」

聞かれたアキコが、三十年近く前、旅行先の地方の小さな手作りの店で買い求めたもので、そのハンカチは店の年配の女主人が作ったものだと話した。

「手の込んだものね。今はそういった店がなくなったわねえ」

女性たちの話はまた盛り上がり、さらに話は続きそうだった。他にはお客さんもおらず、店内は彼女たちだけになった。

「ほら、あの通りの向こう、工事しはじめたでしょ。何ができるのかしら。あなた、ご存じない？」

「ああ、うちの旦那《だんな》がね、飲食店ができるらしいっていってたわよ」

それを厨房で聞いていたしまちゃんが、やっぱりといいたげな表情でアキコの顔を見た。

「へえ、どんな店?」

「さあ、それはわからないけど」

「この商店街だって、いろいろとお店があるのに、新規参入して成り立つのかしら」

「個人商店じゃないでしょう。よく雑貨店でも名前は違うけど、同じ系列っていうことがあるじゃない。あれと同じ方式じゃないの」

「そうやって個人商店がなくなっていくのよね」

「私が子供の頃は、コンビニなんかなかったもの。スーパーマーケットだって、駅前に一軒くらいだったわ」

「母に瓶を持たされてお醬油屋《しょうゆ》さんに、買いに行かされたわ。大きな樽《たる》があって、そこから量り売りしてくれるのよね」

「味噌《みそ》屋さんもあったし」

「そうそう、透明の笠地蔵《かさじぞう》の笠みたいなものがかぶされた大きな容《い》れ物があってね。しゃもじで量ってくれるんだけど、ちょっと離れたところから放《ほう》っても、それがちゃんと元あった味噌のところに刺さるのよね。手品みたいだったわ」

　思い出話でますます長くなりそうだった。

　いつものように仏頂面のママが、外からじっとのぞきこんでいたが、彼女たちがいるのを見て、そのまま帰っていった。しまちゃんが笑いを堪えていた。

外にお客さんが並ぶようにはならなくなったけれど、開店すると午後三時くらいまでは、テーブルの空きはないくらいに、お客さんはやってきてくれている。長居をするグループもいるけれど、それはそれで店を気に入ってくれている証拠で、迷惑どころかアキコにはありがたかった。

「しまちゃん、この間、かぼちゃのスープを少し替えたけど、サンドイッチも変えてみようかしら」

閉店の準備のためにテーブルの上を拭《ふ》きながら、アキコは声をかけた。

「あっ、はい。そうですか」

「まだ具体的には考えていないんだけど、ホットサンドみたいなものがあると、いいかなって。それとボリュームのあるものとか」

「ああ、両方いいですね。温かいのもうれしいし、ボリュームがあっても肉々しくなければ、お腹《なか》にもたれないですしね」

「ふふ、肉々しい……ね。うちはチキンが限界だな」

「それでいいと思います」

しまちゃんはきっぱりといった。

「ねえ、これから時間ある？　あしたはお休みだし、急で悪いんだけどちょっと話ができないかな」

「大丈夫です」

「それじゃ、ちょっと待ってね」

アキコがママに連れていってもらった、夫婦で営むイタリア料理店に電話をすると、キャンセルがあって、四人分の席が空いているという。

「そうだ、しまちゃんのお友だち、ほら、アーちゃんのお父さんのシオちゃん、彼も一緒に来ないかしら」

「えっ、シオちゃんもですか」

しまちゃんは一瞬、びっくりした顔をしたが、

「奴は暇なので、いつでも空いています」

などという。

「そんなことないでしょうけど」

「いえ、そういう奴なんです」

二人の力関係をアキコは微笑《ほほえ》ましく感じながら、彼女が彼に連絡するのを待っていると、

「場所、わかったよね。お店に直接行くほうが近いでしょ。じゃ、あとで」

と完結に事情を話して電話を切った。

「ずいぶんあっさりね」

「そうですか。いつもこんなものです」

アキコは彼に関しては、何も聞いていなかった。どこに勤めているのかも、いくつなのかも聞いていない。別にこれからそれを聞こうとは思っていないのだが、なぜ彼を誘ったのか、自分でも意外だった。

アキコとしまちゃんは、イタリアンレストランに移動して、ご夫婦の笑顔と再会した。ああこの笑顔だったと、アキコは懐かしい気持ちになった。

「隅っこでごめんなさいね」

奥さんはテーブルに案内しながら恐縮している。

「隅のほうが安心する質《たち》なので、どうぞご心配なく」

アキコがしまちゃんとメニューを見ながら、シオちゃんが来るまで待っていようというと、

「いえ、そんな必要はありません。奴は何でも食べますから、注文して大丈夫です」

としまちゃんがいう。

「そう？　じゃあ、もし足りなかったら、追加しましょうね」

「そんなわがままは許しません。奴は出されたものを、ありがたく黙って食べていればいいん

です」

しまちゃんが運動部気質になったのがおかしくて、アキコはオーダーしながら、笑いがこみあげてきた。

しばらくすると、彼がやってきた。

「場所、すぐわかりました？」

アキコがたずねると、

「はい、住所がわかっていたので助かりました」

と頭を下げ、しまちゃんを見て、

「あ」

といって小さく頭を下げた。

「うん」

しまちゃんがうなずき、彼はしまちゃんの隣に座った。

「ごめんなさいね。先に注文しちゃったの。食べたいものがあったら、遠慮なくいってね。そうだ、飲み物は何にする？　いろいろとあるわよ」

アキコは彼のほうにメニューを向けた。

「ありがとうございます。それじゃ、えーと、僕、グラスワインを……」

「えっ、そんな。水でいいでしょ、水で」

しまちゃんがむっとした顔でいった。

「はっ、そ、そうだね。じゃ、僕は水でいいです」

「いいのよ、遠慮しなくても。私たちは飲めないけど、飲めるんだったらお酒を楽しんでね。そのほうがお料理がよりおいしくなるでしょ」

「あー、ああ、すみません。じゃ、グラスワインの赤を」

彼は奥さんと相談して、銘柄を決めていたが、しまちゃんが心配そうに彼の肩越しにメニューをチェックしているのが、また面白い。

「急にごめんなさいね。お仕事、大丈夫だった?」

「ええ、声をかけていただいて、うれしかったです。あの、ネコたち、元気ですか」

「ええ、とっても元気よ。元気すぎるくらい。アーちゃんはどう?」

「はい、とっても甘えん坊で困ります」

彼はうれしそうだった。

「よかったわ、あのとき声をかけてもらって。ネコたちに罪はないものね。人間の責任なんだもの。亡くなった子たちは本当にかわいそうだったけどねえ」

アキコはこんな場所で、こんなことをいって、しまったと後悔した。向かいに座った二人もちょっとしんみりした瞬間、抜群のタイミングで料理が運ばれてきた。ハーブの葉っぱのみがてんこ盛りになったハーブサラダ、生ハム、エビと白インゲン豆のサラダ、空豆に粉チーズがかけられたひと皿、などなど。それらを自分の皿に分けながら、アキコは、

「うちのお店のメニューをちょっと変えてみようかって思ってるのよ。サンドイッチもボリュームがあるものが、一種類くらいあったほうが、見たときに楽しいかなって。サイドメニューも増やしたいし。何かいいアイディアはないかしら」

しまちゃんはうなずき、シオちゃんは女二人の会話を邪魔することなく、そして嫌そうでもなく、その場になじみながら食事をしている。

「ねえ、これ、おいしいわね」

アキコは皿に取り分けた、エビと白インゲン豆のサラダに目を落とした。白と赤、そして上に散らされたイタリアンパセリの緑が美しい。

「シンプルだけど、豆の味わいがありますね。エビの甘さもあって、とてもおいしいです」

彼にも評判がいい。

「味付けは塩とオリーブオイルだけね」

アキコはシンプルながら、いくらでも食べられる料理に感心した。

「でも魚介類は保存状態が問題だからね。冷凍品を使えば問題もないけれど、うちはそういう

方針じゃないし、かといってまた新しい仕入れ先を開拓して、毎日、仕入れるっていうのも、二人ではちょっと難しいし」

「ええ、それはちょっと……」

しまちゃんも首を傾《かし》げている。

「私、頑固すぎるのかな」

アキコはぽつりといった。今どき、冷凍品を使わない店なんてないのではないか。下拵《したごしら》えに電子レンジを使うのも普通だし、ヘタをしたら冷凍品だけで食事を供している店もあるかもしれない。母の店にも大きな冷蔵庫があり、そこには霜にまみれた業務用の冷凍食品が、ぎっちぎちに詰められていた。それを取り出して人数分だけ揚げ、定食として出していた。そういうやり方は、お客様に対しては違うのではと、アキコはずっと疑問を持っていたが、それによって自分の店でメニューの枠が広がらないのも事実なのだ。

「そうではないと思います。それがアキコさんのやり方なんですから。それを変える必要はないと思いますけど」

「そうね、それはそうなんだけど」

シオちゃんにグラスワインが運ばれてきた。

「すみません、いただきます」

あらためて三人は手元のグラスを挙げた。彼は控えめにするわけでもなく、がっつくわけでもなく、素直にお腹がすいた若い男性の姿を見せてくれて、アキコにはとても感じがよく映った。からすみのパスタ、牛肉のステーキ・ポルチーニソース、トリッパのトマト煮込みなど、次々に運ばれてきた。

「冷凍品を使わないと肉系は難しいですよね」

シオちゃんも考えてくれている。しまちゃんは、二人分、三人分の働きをしてくれているけれど、新たに食材を吟味して仕入れるにしても、その手間が加わるのを考えると、難しいとしかいえなかった。おまけに消費できる量は、一般の店に比べるととても少ない。アキコは若い頃と違って、自分の体力が落ちてきているのがわかるし、喫茶店のママにあれこれいわれても、夕方に閉めないととてもじゃないけど体がもたない。夜遅くまで店を開けて、ソフトドリンクやお酒も出して、また翌日午前中から開店というサイクルだったら、とっくに倒れていたような気がする。たしかにたいとろんは疲れを癒してはくれるが、体の疲れを根本的に治してくれるわけではない。今のそんな自分に、これ以上、仕入れ先を増やすのはきついのだ。

「そうですよね。野菜の仕入れだけでも、ちょっと大変ですから」

アキコの正直な気持ちをしまちゃんは受け止めてくれた。

「でも新しいものも考えたいのよ」

三人は目の前の料理を次々に口に運びながら、それぞれの頭の中で、何かいいメニューはないものかと考えていた。

パスタ、肉類、内臓をすべて平らげ、ふうっと心の底から満足していると、もうひとつのお楽しみのドルチェ、ミントのジェラート、チョコレートムース、アップルケーキの盛り合わせと、エスプレッソが運ばれてきた。

「あの、突然なんですけど、今月でお店やめるんです」

盛りつけに目が釘付《くぎづ》けになったアキコが、奥さんの言葉に驚いて顔を上げると、彼女は笑いながら、

「そろそろ潮時だと思って。私も膝《ひざ》が痛くて。主人がおれの腰も爆発寸前だっていうものだから」

「ええっ、そうなんですか。残念です。それじゃ、あと二週間くらいしかないですよね」

「そうなんです。ありがたいことにお客様がとても残念がってくださるんですけど、正直いって私たち、ちょっとほっとしてるの。これから二人でゆっくり休めるし、旅行にも行けるねって」

「ああ、そうですね」

「お店をやっているとね、いくら休みだからってのびのびできなくて。性分もあるのかもしれ

ないけれど。まだ知り合いになって短いのに、ごめんなさいね。それでもお目にかかれてうれしかったわ」

「こちらこそ、ありがとうございました」

いつかはこういう日が必ずやってくる。母はそれが突然、やってきたわけだが、そうでなくてもアクシデントで店を閉じなくてはならない出来事が起こるのだ。それでもご夫婦はまったく変わらず、明るくおいしい料理でもてなしてくれている。他の席からも、残念という言葉があちらこちらから聞こえてきた。

「いいお店がどんどんなくなりますね」

しまちゃんもがっかりしていた。

シオちゃんの会社の近所も、飲食チェーン店ばかりだそうだ。

「でも若い人はそういうお店があると便利でしょう」

「それはそうなんですが、どうしても飽きてしまって」

「単品だとそうなるわね。定食屋さんはないの」

「ありますけど、個人商店ではなくてそこもチェーン店です。なので弁当男子になってしまいました」

「えっ、毎日、自分で作ってるの。偉いわねえっていうのも、男性差別なのかもしれないけれど」

彼は自分の鞄《かばん》の中から、薄型の弁当箱を取り出した。

「これに毎日、入れています」

出張のときは移動中に食べられるように、おにぎりを作るのだそうだ。

「ただ、夏場はちょっと不安があるので、やめているんですが」

アキコが今日は何を作ったのかとたずねると、ひじきの煮物、ピーマンとじゃこの炒め物、ひき肉の四角焼きと、千切りキャベツ、プチトマトとレタスのサラダだという。

「手をかけているのね。そのひき肉の四角焼きってどういうの」

彼の説明によると、ハンバーグが好きなのだけど、タネを手で楕円《だえん》に成形するのが大変そうだった。ただ一度まとめて作っておくと、冷凍できるのでそうしようと、冷凍保存用に購入したステンレス製のバットを眺めていたら、楕円にして並べると、隙間《すきま》ができることに気付いた。そこで彼はどうせ自分が食べるのだから、いちいち楕円に成形しなくても、ここにハンバーグのタネをびっしり詰めて、取り出しやすいように四角く筋をつけておけば、必要な分だけ焼けると気がついたというのだった。

「すばらしい」

アキコは拍手をした。

「だから僕のはハンバーグじゃないんです」

「いいのよ、そんなことは。自分で作るっていうのがえらいわ」

　時間を短縮するため、一人分の少量のおかずを作るために、小さいフライパンや鍋《なべ》を三個購入して、それで一気におかずを作るのだそうだ。

「夕食にパスタを多めにゆでて、余ったのを翌朝、玉ねぎとピーマンを入れて、ケチャップで味をつけて、弁当に入れることもあります」

「すごいわね、繰り回しもちゃんとしているのね」

　アキコは感心した。

「ちゃんと味がついているのには驚きました」

　しまちゃんが澄ましていった。

「えーっ、当たり前でしょ。おいしいって食べてたじゃないか」

「うん、意外とまともだったね」

　しまちゃんの言葉に彼は苦笑いした。

　シオちゃんはしまちゃんより三歳上で、以前勤めていたＩＴ企業の同僚二人と、独立して会社を作ったのだそうだ。

「まだはじめたばかりなので、どうなるかわかりませんけど、でもまあ何とか続いています」

「会社をやめるのは勇気がいるわよね」

「ええ、でも僕は独身だし。あとの二人は結婚していたり、子供もいるから大変だったと思いますけど」

会社をやめた当初はなるべく節約しようと、近所の安い店を探したり、コンビニで弁当を買ったりしてすませていた。チェーン店も利用していた。しかしひととおり食べたら、外食に飽きてしまったという。

「結局、いつも味が同じなんですよね。それがチェーン店のよさなのでしょうが」

自分の体調によっては、味が濃いなと思っても、それを食べるしかない。それが続いたある日、もしかして自分はおいしいと思って、食事をしていないんじゃないか。そんなふうにして摂《と》る食事って、体によくないのではと気がついて、自分で作るようになった。量も味付けもその日の体調に合わせて加減できる。

「自分が作るのは、親が作ってくれたようなものばかりで。洒落《しゃれ》たものは作れません」

「それで十分よ。自分ができる範囲でいいんだもの」

シオちゃんの会社にアルバイトに来た大学生が、外食チェーン店が軒並み値上げをしたことに対して文句をいっていた。それを聞いた彼が、

「部屋に台所があるんだから、値上げに文句をいう前に、自分で食べるものを自分で作れるよ

うにしてみたら」

といったら、母ちゃんみたいと、笑われたという。

「考えてみたら、一人分だったら外食のほうが安上がりかもって思うこともあるんですよ。スーパーに行ってもあれこれ食材を買っちゃうし」

「でも自分の食べる分だけでも作れるっていうのは、大切なことだから」

「はい」

アキコとシオちゃんのやりとりを聞いていたしまちゃんは、エスプレッソを飲みながら笑っている。

「頼もしいわね、シオちゃん」

アキコが感心してしまちゃんの顔を見ると、

「ええ、まあ。もうちょっとバッティングがしっかりしてるといいんですけどね」

とクールにいい放った。

「関係ないでしょ。今は料理の話なの」

シオちゃんがささやかに反撃した。

三人で笑いながら食事を終え、地元の駅に戻ってきた。気がつけばほとんど新メニューの話はしていなかった。

「すみません、調子に乗ってしまって」

しまちゃんとシオちゃんは恐縮している。

「とんでもない。とっても楽しかったわ。今日は本当にありがとう」

店の前でアキコは頭を下げた。

「こちらこそごちそうさまでした」

「じゃ、僕はこの人を送っていきますので」

二人は丁寧に頭を下げて、連れだって人混《ひとご》みの中に消えていった。ママの店はまだ開いていて、お客さんで満席になっていた。

自室に戻ると、ネコたちは大騒ぎだった。ご飯は置いてやっていたのに、いつものようにボウリングのボールが二個、高速回転しながらこっちに転がってきたみたいに、どすんとアキコの体にぶつかった。そして「うわあ、あああ」の大合唱である。アキコはベッドの上で、たいとろんを両腕に抱っこしながら、シオちゃんの言葉を思い出していた。自分より料理が上手な人、レパートリーをたくさん持っている人、見栄えのよいお洒落な料理を作れる人たちだけから学べるわけではない。シオちゃんのように、つたないながらも自分の手で作って食べようという態度から、アキコはたくさんの刺激を受けた。歳《とし》を取るとついそういう気持ちを忘れがちになる。それを彼の話が思い出させてくれたのだ。

アキコの頭の中では、サンドイッチのイメージが浮かんできた。

「中の温かい具材は、炒めてもいいのでは」「イギリスのアフタヌーンティーで出てきた食パンにバターを塗って、きゅうりを挟んだだけのサンドイッチもおいしかった。でもあれには全粒粉の食パンは向かないかも」「干しぶどうが入ったパンに何か挟めないかしら。でもパン自体に甘みがあるし、ハードパンのサンドは好き嫌いが多いかもしれないな」

シオちゃんのひき肉の四角焼きのひらめきに刺激を受け、アキコの頭の中が急に動きはじめた。すべてを実現できなくていいし、する必要もない。とにかく何か思いつくことが、中年になって頭が固くなった自分にとっては必要なのだ。具体的に絵に描くとイメージが湧《わ》くのだが、あいにく両腕はどすこいネコ二匹のおかげで、ふさがっている。

「忘れないようにしなくっちゃ」

アキコは思いついた、パンと具材の映像を忘れまいとしっかり脳に刻みつけた。

甘えきって満足した二匹が、イン&ヤンスタイルで寝てくれたところで、アキコはノートを取り出して、頭に浮かんだサンドイッチの図を描きはじめた。食パン、バゲット、ベーグル、リュスティックの絵を描いてみたものの、絵心はないので子供のいたずら描き、いやそこまでもいかない出来だ。

「下手ねえ」

我ながら呆《あき》れつつ、アキコはリュスティックの下に→をつけて、キャベツ、玉ねぎ、ニンジン、ベーコン炒め。と書いて、うーんと腕組みをした。千切りだとつまらないし、もうちょっとアクセントが欲しい。

「キャベツはちぎって、ベーコンはそのまま炒めてどんと入れると。他の具材は細めに切って……」

そう考えているうちに、アボカドが頭に浮かんできた。お客様にとても人気のある食材だ。冷蔵庫にいれなくていいのも、アキコの店にはありがたい。これまではサンドイッチの具材としてスライスして使っていたけれど、サイドメニューとして使ってみようと、アボカドを想像していると、緑色が頭の中に広がった。枝豆も緑色だなと考えていると、ずんだ和《あ》えが頭に浮かんできた。ずんだ和えというのは、枝豆をすりつぶしてペースト状にして、餅《もち》や野菜などさまざまな食材を和えたものだ。

「ジャガイモを和えてみようかな」

アキコはジャガイモや玉ねぎ、ニンジンなどの野菜を小さめのサイコロ状にカットして、アボカドで和えたらどうかしらと思い当たった。アボカドの変色を避けるために、レモン汁を加える必要はあるが、ポーションも小さいし、そういう味わいのものもあったらいいかもしれない。

「さあ、ひとがんばりするか」

アキコはぐるぐるっと腕を回して、やる気になってきた。夜の窓の外からは商店街を歩く人々の、笑い声が聞こえてきた。

4

ノートにあれこれ書いているうちに、新しいサンドイッチやサイドメニューのイメージも固まってきた。そっくり入れ替えるというのではなく、ささやかに増やすといった感じだろうか。

「おはようございます」

しまちゃんは休み明けでも、いつものように元気よくやってきた。

「おはようございます。休みの日、どうしてたの」

アキコはそう聞いてから、はっと後悔した。シオちゃんと一緒に帰ったのは知っているのに、余計なことをいってしまった。しかししまちゃんは気にする様子もなく、

「バッティングセンターです」

と明るく答えた。

「本当に好きなのね、バッティングセンターが」

アキコが感心していると、

「週に最低二回は行かないと、体の調子が悪いんですよね」

としまちゃんは肩をぐりぐりっと回した。

しまちゃんの様子を見て、ちょっと突っ込んでみた。

「シオちゃんも一緒」

「はい、そうです」

「シオちゃんのバッティングはどう?」

「あー、だめですね。奴は才能ないです。体育も苦手だったみたいですから」

「それでも一緒に、バッティングセンターに行くんだ」

「私がばんばん打つのを見て、ちょっと悔しくなったみたいですね。でも基本的にいつまでも手打ちなんで、だめなんですよ」

「はあ」

「いくら、こうやってしっかりふんばって、腰をいれろっていっても、すぐ手で打ちに行くんですよね。ボールはこう、引きつけて打たないと」

しまちゃんは素振りをした。形が決まってかっこいい。

「才能ないですね。向いてません」

しまちゃんは厳しかった。

「シオちゃんはしまちゃんに勝てないんでしょう。そのとき何かいうの」

「すごいねっていってます」

「へえ、そういわれて、しまちゃんはどうしてるの」

「当たり前だ、っていってやりますね」

アキコは噴き出した。それでも仲がいいのはいいことである。

しばらく雑談した後、アキコは新メニューのアイディアを話した。

「ノートを見せたいところだけど、絵がものすごーくへたくそだから、他人様《ひとさま》には見せられないの。だから口でいうけれど……」

「はい」

しまちゃんは神妙な顔になっている。

「リュスティックにね、炒めたキャベツと食材を挟むの。厚めのベーコンも焼いてね。どうかしら」

「おいしそうですね。脂が多めになりますけど、好きな人が多いと思いますよ」

しまちゃんの感想に気をよくしたアキコは、蒸し野菜のアボカド和《あ》えの話もした。

「ジャガイモ、ニンジンは蒸して、トマト、玉ねぎ、きゅうりはそのままね。どれもサイコロにカットして、アボカドで和えるんだけど、アボカドのペーストも、さらっとした感じじゃなくて、もこっとした感じにしたいのね。食材にしっかりからむような。中にはレモンじゃなくて、ライムを使いたいんだけど」

しまちゃんは、

「それもおいしそうですね」

と賛成してくれた。

「で、野菜を蒸すのはしまちゃんの担当ね」

「えっ」

しまちゃんはぎょっとした顔をした。

「あとでサイコロにカットするから、その状態に合うように蒸してみて」

「えっ、あ、はい」

それからしまちゃんは、ノートを買ってきて、蒸し器の前で野菜の重さと水の分量と、タイマーを見ながら、細かくデータを取るようになった。

「すごいわね。実験みたい」

「勘で蒸すなんて、とてもじゃないけどできません」

　アキコはうんうんとうなずきながら、

「きっと、ここだっていうポイントが見つかるわよ」

と励ました。

　特に新メニューとも知らせず、キャベツとベーコンのサンドと、野菜のアボカド和えをひっそりとこれまでのメニューに追加した。厨房《ちゅうぼう》で聞くとはなしに、耳に入ってくるお客さんの会話を聞いていると、

「これ、新しいんじゃない。アボカドが入っているサンドイッチはあったけど」

「アボカド、おいしいわよね」

「そうかしら、私はちょっと……」

「嫌い？」

「何だか中途半端じゃない。立ち位置が」

「立ち位置？」

「だって植物なのに、わさび醬油《じょうゆ》をつけると、マグロみたいに食べられるっていうんでしょう。変じゃない？」

「そこがいいんじゃない。いろいろにアレンジできて」

「うーん、でも変よ。お鮨《すし》にも使ってるんでしょ。お前はいったい何者なんだって、いいたくなるわ」

アキコは調理台に置いてある、微妙な立場のアボカドを眺めながら苦笑いした。黒緑色でかさっとした外見は、まったくおいしそうじゃないのに、中身は緑色でねっとりしていて、森のバターといわれるくらい、栄養価が高い。日本のホヤもそうだが、最初にアボカドを食べた人も偉い。

フロアに目をやると、しまちゃんにいろいろと聞いているお客さんが多い。新しいメニューに興味を示したり、気付いた人はほとんど注文してくれて、おいしいといいながら食べてくれる。ああ、よかったとアキコはほっとしたし、しまちゃんもうれしそうにしてくれている。やはりたまには、数は少なくても目新しいものが必要なのだと、アキコは肝に銘じた。

最近は、またお客さんの数が増えてきた。店を開ける前にすでに三組ほど待ってくださっている日もある。ああ、開店当初はこんな感じだったなあと、アキコは思い出しながら、いつものように野菜たっぷりだったり、食べごたえのあるチキンのサンドイッチや具だくさんだったり、野菜や豆の味がよくわかるスープを淡々と作り続けていた。アキコが満席になっている店内を見渡しながら、水が少なくなっているテーブルはないかとチェックしていると、じっと中をのぞき込んでいるママさんの顔が目に入った。

客足が途切れ、店内ががらんとしたとたん、すばらしいタイミングでママさんが入ってきた。

「どうも。今日は忙しそうだったね。お客さんが外まで並んでいたものね。またどこかで紹介されたの」

「いいえ」

アキコは笑いながら、

「メニューを二つだけ増やしてみたんですけど。たまたまだと思いますよ」

「ふーん、そうなの。でもまあ、お客さんが増えるというのはいいことだ。でも贅沢《ぜいたく》な商売してるから、あまり繁昌するのもいやなんでしょ」

「とんでもない。ありがたいことです」

「そうだね。本当にそうだ。世の中に星の数ほど店はあるっていうのに、わざわざ足を運んでくださるんだものね。うちなんか、今朝、おイヌ様まで来てくれたのよ」

「えっ、イヌ？」

ママは開店準備のためにドアを開けて、カウンター内の掃除をした。掃除が終わってふと顔を上げたら、首輪をした中型犬の雑種が、ちょこんと席に座っていた。びっくりして、

「どうしたの」

とイヌに聞いたら、尻尾《しっぽ》を力一杯振って、体全体で「飛びつきたい」と表現していたという。

「こういう商売だからさ、仕事の前に動物を触るのは、ちょっとと思ったんだけど、あまりにその子がかわいくてね」

つい、近付いて、おいでと両手を広げたら、そのイヌはママに飛びついてきて、顔、首、手など、そこいらじゅうを舐《な》めはじめた。イヌの胴体を抱きしめながら、されるがままになっていると、開け放ったドアの外から、

「あっ、マックス」

という男性の声が聞こえた。イヌはその声を聞いたとたん、はっとして舐めるのをやめ、尻尾を振ってその男性に飛びついた。声の主は七十歳近い男性だった。マックスは男性にジャンプしてじゃれついている。

「こら、探したんだぞ。いったい何をしていたんだ。心配するだろう」

飼い主の男性はイヌにリードをつけ、

「申し訳ありません。うちのイヌが何かやらかしてませんか。大丈夫でしたか」

と丁寧に頭を下げてママにたずねた。

話を聞くと散歩をしようと外に出ようとしたら、リードをつける前にドアの隙間《すきま》からものすごい勢いで走り出てしまい、どこに行ったのかわからなくなっていた。あわてて外に出て、歩いている人にたずねたら、駅のほうに走っていったというので、探しに来たのだという。

「商店街のほうにきちゃったんですねえ」

「そうなんです。散歩のルートとは逆方向なのに。こちらは人通りが多いので、散歩をさせるには向かないと思っていたので」

「行ったことがないところに、行ってみたくなったんでしょうかね」

「そうかもしれないですね。これからはこっちのほうも、ルートに入れてみようかな。ともかく助かりました。ありがとうございました」

飼い主が恐縮しているのに、マックスのほうは、

「えへへ、またね」

とママの顔を見てちぎれんばかりに尻尾を振っている。

「はいはい、また来てちょうだいね」

ママが声をかけてやると、また飛びつきそうなしぐさをみせる。

「こら、もう、おとなしくしていなさい」

飼い主に引きずられるようにして、マックスは帰っていった。

「よかったわよ。飼い主がすぐに来てくれて。飼っていた動物が行方不明になったら、血の気が引くわよね」

アキコとしまちゃんはうなずきながら話を聞いていたが、店の椅子《いす》にちょこんと座っている

中型犬の姿を想像すると、笑いがこみあげてきた。

「かわいいですね」

「そうなのよ。びっくりした。顔を上げたらイヌと目が合ったんだもの」

しまちゃんも話を聞きながら笑っている。

「ま、生き物が入ってきてくれるっていうのは、まだうちの店も捨てた物じゃないのかもね。それじゃ、お邪魔さま」

ママは商店街の左右に目をやり、ゆっくりと道路を渡って店に戻っていった。

「今はほとんどのイヌが室内で飼われているけど、突然、お店に入ってきてくれたら、ちょっとうれしいな」

「そうですね。うちの実家なんか、飼われているのかそうじゃないのかわからない、イヌやネコが出入り自由にしてましたけど」

「あらそうなの。ご両親も追い出したりしなかったの」

「いえ、率先して招き入れるタイプだったので」

両親とも、近所をうろついているイヌやネコがいると、おいでおいでと招き入れ、ご飯をやったり、ブラッシングをしたり、なかには泊まらせたイヌやネコもいたという。しまちゃんが、

「家に戻らないから、飼い主が心配しているんじゃないの」

と気を揉《も》んでも、父親は、

「帰りたかったら帰るだろう。お前は今日はうちに泊まるんだものな」

とイヌを膝《ひざ》の上に乗せて、ご機嫌で酒を飲んでいる。イヌもイヌで、十年前からここにいますという顔をしている。大丈夫かしらと心配しつつ学校に行き、家に帰るとすでにイヌの姿はなく、

「それじゃ、っていう感じでお昼過ぎに帰っていったよ」

と母親がさらりという。

「そんな繰り返しでした」

「いいわねえ。そういうのが理想よね。でも動物が嫌いな人もいるし。すべて管理するのが当然と思っている人もいるからね」

きっとしまちゃんの実家周辺は、イヌやネコにとっても、ストレスが溜《た》まらない環境なのだろう。

日曜日の夕方は、ぱたっと客足が途絶える時間帯でもある。店内が二人だけになってしばらくすると、チュニックにパンツスタイルの、大柄な中年の女性が一人で入って来た。

「いらっしゃいませ」

しまちゃんが近寄ると、彼女は、

「あ、いえ、あの。ごめんなさい。こちら、カヨさんの……」

しまちゃんがアキコを振り返ったのと同時に、アキコは女性に歩み寄っていった。母の名前を出す人とはほとんど付き合いがなくなっていた。

「カヨは私の母ですが……」

「はじめまして。突然、申し訳ありません」

女性は深々と頭を下げた。

「アキコさんですか」

「はい、そうです」

「私、タナカチエと申します。義母《はは》が何度かお邪魔したかと……」

「……あのタナカさんの」

「はい、嫁です。その節はお世話になりました」

「いいえ、とんでもない。最近はこちらにはいらっしゃらないですけれど。お義母様、お元気ですか」

タナカさんはお店だけではなく、アキコの住居にまで訪ねてきた人だった。

「義母は半月前に亡くなりまして」

「えっ」

アキコは驚き、チエさんを芍薬《しゃくやく》が活《い》けてあるテーブルに案内した。それを見たしまちゃんは座った彼女の前に水の入ったグラスを置き、ママの店に走っていった。

「それは存じ上げなくて、大変失礼しました」

向かい合って座ったアキコは詫《わ》びた。

「いいえ、こちらこそ、義母が大変な失礼をしたのではないかと……」

「そんなことはないです。ずっと母のことを忘れないでいてくださって、ありがたかったです」

「そうですか……。そういっていただけると私も助かります」

チエさんは終始、うつむきがちで小声だった。しまちゃんがコーヒーが二つ載ったトレイを持って戻ってきた。一客をチエさんの前に置き、もう一客をアキコの前に置こうとするのを、

「私はいいから、しまちゃん、休憩してください」

と声をかけた。しまちゃんは頭を下げ、トレイを持って厨房の奥に入っていった。

「肺に悪性腫瘍《しゅよう》が見つかって、それが原因です。義母には告知しなかったので、肺炎だと思っていました。若い頃からずっと煙草《タバコ》を吸い続けていたのを、孫が生まれたのをきっかけに、やめてもらったんですけれど」

「そうだったんですか。大変でしたね」

「ええ、でも入院して一か月半で逝きましたので、あっという間でした」

アキコはタナカさんから、チエさんとの軋轢《あつれき》を聞かされていた。母の思い出話をするのが目的ではなく、彼女の悪口をいいに来たのではないかと思うほどだった。息子が突然亡くなり、彼女が自分の貯金を狙《ねら》っていたり、息子が残した借金を自分に払えと迫っているなど、どれだけ被害を受けているかを、力強く話していた。タナカさんから聞いていた家庭内のトラブルから想像すると、アキコの頭の中には、極悪な嫁の姿が浮かんでいたが、目の前にいるチエさんは、とてもそのようなことをする人には思えない。

「葬儀は身内だけで済ませまして、義母の所持品を整理していましたら、こちらのお店のメモが見つかりまして。あのような性格なので、特に親しい方もいなかったものですから……。不躾《ぶしつけ》ですがご挨拶《あいさつ》にうかがいました」

「そうですか。ご丁寧にありがとうございます」

アキコが頭を下げると、女性はバッグの中からハンドタオルを出し、顔の汗をぬぐいながら、

「あの、生前のお詫びを兼ねまして……。あ、このような事情で……」

と喪中はがきと、老舗煎餅《せんべい》店の手提《てさ》げ袋をアキコに差し出した。

「きっとこちら様には失礼なこと、といいますが、聞きづらいことをいろいろとお話ししたのではと……」

そういわれると、アキコは違いますとはいえなかった。とりあえず、彼女の気持ちはいただいておくことにした。

「本当に何もなかったので、どうぞお気遣いなく」

「ありがとうございます」

チエさんは終始、恐縮していた。

「いただきます」

やっとコーヒーに手を伸ばしてくれたので、アキコは少し気が楽になった。

ぽつりぽつりとチエさんが話したところによると、タナカさんは町内のあることないこと話す癖があり、最初は交流があった人たちも、話のつじつまが合わなくなってきたので、だんだんタナカさんを避けるようになったとか。しかしそれのすべてが嘘《うそ》や想像ではないので、よけいに話がこじれてしまうことが、多々あったらしい。

「それでご近所の人たちから、疎まれてしまいまして。その苛立《いらだ》ちが私に向かったのだと思います。それでもああいう人なので、さばさばしているところもあって、私は嫌いではなかったんですけれど、やってもいないことをやっているといわれると困りました。夫がいるときは彼が私の味方をしてくれたのですが、亡くなってからは、ちょっと辛《つら》かったです」

「失礼ですが、タナカさんの息子さんが亡くなられた後、遺産のことで話がこじれていて、この近くに相談なさっている先生がいらっしゃるからとおっしゃっていましたが、それも無事、解決したのですか」

アキコが遠慮がちにたずねると、彼女は、はーっとため息をつき、

「そんな先生なんていないんです。私も他人に相談なんかしていませんし。私が義母の貯金を狙っているとか、通帳を盗み見ているとか、お話ししていたのでしょう」

アキコが黙ってうなずくと、彼女は苦笑していた。

「ご近所だけではなく、こちらにもそんな嘘を話していたのですね。でも、カヨさんと仲よくさせていただいていたのは、間違いないと思います。若い頃の話をよく聞かされていたのですが、カヨさんのお名前はいつも出てきていましたから。ですからお母様のことに関しては、本当のことをお話ししていたはずです」

「ええ、私も嘘だとは思っていません。母が元気なときに、お目にかかればよかったですね。二人ともあの世に行って、向こうで出会っているかもしれませんが」

「はい」

チエさんは少しほっとしたようだった。

結婚した直後から、チエさんは仕事をやめないことに関して、義母から文句をいわれ続けていた。彼女の味方だった息子が亡くなったときも、「あの子も本当は仕事をやめてもらいたか

ったのに、それをずっと我慢して、ストレスが溜まって病気になったに違いない」と、彼女が病気の原因になったようなことをいわれた。

「私は義母を頼ったことはなかったです。保育園の出迎えも夫と分担していましたし、後で何をいわれるかわからないので、育児に関しては義母には何も頼みませんでした。夫が亡くなってからは、少しでも収入を増やそうと、それまで断っていた残業もするようになると、子供をほったらかしにしてといわれるわけです。私が嫁になったこと自体が気に入らなかったんでしょうね」

チエさんは明るい気持ちで笑ったことがないのか、笑い顔はすべて苦笑いになってしまっている。

「もう落ち着かれましたか」

アキコがたずねると、また苦笑いの顔になり、

「うーん、そうですね。両肩の上に乗っていた重りみたいな物は取れました」

結婚当初から姑《しゅうとめ》には好かれず、頼りの夫は急死して、そのそりが合わない人とずっと暮らし続けなくてはならない。いくら子供がいるとはいえ、これまで大変な毎日だっただろうとアキコは彼女の苦労を思いやった。

「タナカさんも最後は感謝なさっていたと思いますよ」

「うーん、それはないです。見舞いに行っても、子供が行くと喜ぶんですが、『あんたの顔を見ると、治る病気も治らなくなるから、用事が終わったら早く帰って』なんていわれました」

彼女も、自分がこれほど姑に対して気を使っているのにという考えはやめて、そういわれたら、「さっさと家に帰って、のんびりしよう」と気持ちを切り替えるようにしたのだそうだ。子供を病室に残して、自分だけ階下のロビーで待っていると、戻ってきた子供が、

「お祖母《ばあ》ちゃんに、お母さんに変なことというなって、ちゃんといっといたから」

と憤慨していた。怒られたお祖母ちゃんはどうしたのと聞いたら、ぷいっとそっぽを向いたというので、笑ってしまったのだという。

「最期までいつものお義母《かあ》さんのままだったので、仲直りなんてうちにはなかったです」

小説やドラマでは、うまくいかなかった姑と嫁が、姑の最期のときに手を握り合って、心を通わせるという場面もあるが、実はそうではなかったと、チエさんはまた苦笑いである。

アキコが言葉が出なくなって黙っていると、彼女と目が合ってしまい、

「ふふふ」

と二人で笑ってしまった。

「でもお義母さんを看取《みと》られて、これからはお子さんと二人で自由になりますね」

「はい、そうなんです」

はじめて苦笑いではない笑いを見た。

彼女が勤めている会社は、女性社員に対しての福利厚生が手厚く、定年まで安心して勤められるという。

「こんなお店を経営なさっているなんて、すばらしいですね。私にとっては夢みたいな人生です」

彼女は緊張が解けたのか、背筋をのばして店内を見渡した。

「ありがとうございます。私は天涯孤独なので、働いてくれている人をはじめとして、周囲の方々に助けられてここまでやってこれました」

「……すべてが満たされている人って、いないのかもしれないですね」

「みんなそれぞれ、持っているものと、持っていないものがあって、それを他人と比べる必要はないんですよね」

アキコが静かに話すと、彼女は黙ってうなずいた。

そのときドアが開いて、女性三人が入ってきた。

「いらっしゃいませ」

厨房の奥からしまちゃんが飛びだしてきた。

「ごめんなさい、突然。それもお仕事中でしたのに。本当に義母がお世話になりました。ご不快なこともあったでしょうけれど、どうぞお許しください」

チエさんはまた深々と頭を下げた。

「これから学生時代の友だちと、映画を観《み》に行くんです。子供が部活で合宿に行っているものですから」

また苦笑いではない笑顔になった。

「それは楽しみですね。ご丁寧にありがとうございました」

アキコはドアの外で彼女を見送った。

店内に戻るとしまちゃんが、テーブルの上のコーヒーをさっと片づけておいてくれた。厨房でもフロアでも、本当にしまちゃんは身軽に動いてくれる。お客様のうちの二人が、新しいメニューを注文してくれたので、しまちゃんは緊張しつつ、アボカド和えを作っていたが、作るたびに手際がよくなっている。あっという間に三人分のトレイが用意できた。それを目の前に置くと、彼女たちは、

「わあ、おいしそう」

と声を上げ、気持ちがいいほど、ぱくぱくとサンドイッチを食べてくれている。

「やっぱりさあ、菓子パンだと、元気が出ないよね。これおいしい」

「そうそう、短い時間だったらいいんだけど、長時間は無理なのよ。本当においしい」

「おいしいね。たまにはこういう、ちゃんとしたサンドイッチも食べなくちゃだめね」

三人があまりにおいしいを連発するので、アキコとしまちゃんは厨房の陰で、うつむいて笑っていた。

「あ、ママさんがまた……」

しまちゃんが小声で囁《ささや》いた。また窓からじっと中をのぞいている。

「毎日、うちの店をのぞいてくれて、面白いことでもあるのかしら」

「一日に一回のぞかないと、体調が悪くなる体質になったのかもしれません」

しまちゃんは真顔になっている。噴き出してはいけないと、アキコがわきあがってくる笑いをぐっと堪《こら》えていると、

「ごちそうさまでした」

と女性三人の元気な声が聞こえた。開店以来最短ではないかという完食時間である。会計を済ませながら、彼女たちのうちの一人が、これからあそこの店で、カラオケをするのだとアキコに商店街の中の、カラオケ店の名前を出した。ついこの間、内装をリニューアルしたと、店頭に大きなポスターが貼《は》り出されたのを見たばかりだ。

「夜遅くまで歌うんですか」

「えーと、朝の五時までかな」

「朝？」

そのための軽い腹ごしらえなのだという。軽い？　とアキコが聞き返すと、歌っているうちにまたお腹《なか》がすいてくるので、ピザ、パスタ、鶏《とり》の唐揚げ、ポテトなどを食べるらしい。

「今日は、この間、競馬で勝ったので、ちょっと豪勢なんです」

「そうですか。すごいですねえ」

アキコが驚くと、彼女たちはまるで弾むようにして、うれしそうに店を出ていった。時間的にも食材的にも、今日の最後になるお客様だった。

「ありがとうございました」

彼女たちを見送り、アキコがしまちゃんに声をかけて、店頭のメニューが書いてある黒板を店内にしまい、鍵《かぎ》をかけようとすると、すぐそこにママが立っていた。最近はネコのように音もたてずにやってくる。

「あ、今日はこれで失礼します」

アキコが断ると、ママは、

「はいはい、お疲れさま。店から見てるとさ、アキちゃんのお店から出てくる人は、みんな笑って幸せな顔をしてるね」

「そうですか。それはありがたいです」

「うん、そうだよ。私はいつも見ているからわかる」

「うれしいです」

「それじゃ、お疲れ様」

ママはお店に戻っていった。

後始末をしながら、しまちゃんは、

「タナカさんって、いろいろと大変な人だったんですね」

としみじみといった。

「どうしてそうなったのかしら。癖の強い人だったけど、そんなことをする人のようには見えなかったな」

以前、タナカさんに対して、ちょっと怒っていたしまちゃんは黙っている。

「でも葬式に来てくれる友だちがいないっていうのも悲しいですね」

「そうねえ」

「そうなると直火焼《じかび》きになるんでしょうか」

「直火焼き？」

アキコはしばらく考えていたが、

「それは直葬ですね」

と静かにいった。

「あっ、そうです」

しまちゃんは真っ赤になった。

「仏様は串《くし》焼きではありませんよ」

アキコはしまちゃんをたしなめたものの、「直火焼き」がツボにはまり、体の奥から笑いがこみあげてきた。しまちゃんも鼻をふくらませて、必死に耐えている。そして二人は不謹慎だとそれぞれが反省しつつ、横並びになって笑いを堪えながら食器を洗った。

5

店を閉めて三階に上がると、相変わらずお腹《なか》をすかせたネコ兄弟が頭から突進してくる。兄弟をなだめながらネコ用の晩御飯を準備して、目の前に置いてやると、ものすごい勢いでくらいつく。毎日ちゃんとあげているのに、どうしてこんなにがっつくのか、不思議でならない。その間にアキコは自分の食事の準備だ。最近は煮物、魚、味噌汁《みそしる》ばかりである。調理のいい匂《にお》いが室内に漂うと、ネコ兄弟はご飯を済ませたばかりだというのに、鼻の穴をめいっぱい広げて、ひくひくさせている。そして自分たちが食べられない匂いだとわかると、今度は二匹で、抱っこ、抱っこと鳴きはじめる。いつものように、やんちゃなろんが五回鳴く間に、たいは二回の割合なのだが、どちらにせよ、ちょっとうるさい。

「ご飯を食べ終わるまで待ってるのよ。わかったわね」

　アキコにたしなめられて、兄弟は前足をふみふみしながら、はやく、はやくと催促しているのだが、出来上がった料理を食べながら、ちらりと見ると、二匹はイン&ヤンスタイルで先に寝ていた。この姿は完全に寝ているのではなくて、ただの暇つぶしなのである。それが証拠に、アキコが食べ終わった食器を重ねて、立ち上がると、寝ていたはずの兄弟がぱっちりと目を覚まして、

「うわあ、うわあ」

　とまた鳴きはじめる。

「わかりましたよ。おまちどおさま」

　アキコが声をかけると、すでに二匹は立ち上がり、抱っこをねだる体勢になっている。

「はい、どうぞ」

　アキコが座ると、二匹は膝《ひざ》の上に飛び乗り、それぞれアキコの右腕と左腕側に分かれて、膝

の上をぐるぐるまわりながら、自分のポジション固めに入る。そして二匹は対称形になり、腕に顎《あご》をのせて、

「ぐふう」

と鼻息を出して目を閉じる。

「やっぱり兄弟なのねえ」

相談したわけでもないのに、寝る姿もシンクロしている。安心できるアキコの膝の上で、二匹はあっという間に、

「んご、んごごご」

といびきをかきながら、眠りに入るのだった。

小一時間、アキコはそのままの姿でじっとしていた。膝の上にネコをのせていると、ネコの体が睡眠導入剤でも発散させているのではと疑りたくなるくらい、眠たくなってくる。つい目を閉じてうとうとし、またはっとして目を覚ましては、

（ああ、そうだ。食器も洗わなくちゃならないし、お風呂《ふろ》の用意もしなくちゃ）

と、膝の上の兄弟を見ると、ろんが、

「どうした」

といっているような目でじーっと見上げていた。

「あら、起きちゃったの」

ろんは、喉《のど》の奥まで見えるような大あくびをした。

「まあ、きれいなお口」

褒められているのはわかるらしく、ろんはどこか得意そうな表情になり、膝の上から床に下りて、水を飲みはじめた。たいは爆睡である。ろんは水を飲んだ後、自分のベッドの上に場所を変えて、グルーミングをはじめた。寝続けていたたいも、十分後に目を覚まし、同じように水を飲み、ぼーっと窓を眺めている。アキコがカーテンを開けてやると、外の景色をじっと見ている。ママの店を見てみると、中年の男女がドアを開けて入っていった。

「さあ、後片付けをしましょうかね」

アキコがシンクに置いたままの食器を洗いながら、兄弟はどうしているかと目で追っていると、相変わらずろんはグルーミングに熱心で、たいのほうは少し離れた場所で、同じようにグルーミングをはじめ、食器を洗い終わったアキコがまた振り返ると、二匹は床にごろりと転がって寝ていた。食器をクロスで拭《ふ》き、食器棚に収めてからまた見てみると、二匹が相談したみたいに、仰向けになったいわゆる「へそ天」という格好で、手足を広げてお股《また》もすべて全開にしていた。そこそこ体格のいいネコ兄弟が、すべて全開で寝ている姿は、こりゃなんだ、としかいいようがなかった。アキコは、

「何なんでしょうね、まったく」

と笑いながら、携帯で写真を撮って、

「しまちゃんに見せてあげよう」

とにんまりした。

湯船に水を張り、風呂の準備をしていると固定電話が鳴った。あわてて風呂場の蛇口を締めながら、携帯じゃなくてこっちにかかってくるなんて、セールスの電話かしらと、ちょっと気分が暗くなった。受話器を取って耳に当てた。

「もしもし、アキコさん？　お久しぶりです。モトコです。イシヤマモトコです」

「えっ、イシヤマモトコさんって、中学生のとき……」

「そうです。同じクラスの。ごめんなさい、急に。電話が通じてよかったわ」

彼女の姿がぱっと頭に浮かんできた。クラスでいちばん背が高くて、いちばん優しい人だった。勉強もできて高校を卒業してから、アメリカの大学に入学し、そのまま大学院に進んで、日本には帰ってこないようだという話は、学生時代に聞いていた。

「何十年ぶりかしら」

「ふふふ、口に出すのも恐ろしいくらいよ」

「留学の見送りに行ったのが、羽田だったものね」

「そうそう、そうだった」

二人でしばらく思い出話をしていたが、アキコが、

「ごめんなさい、電話をしてくれたのに」

と詫《わ》びると、モトコさんも声をトーンを落とし、

「あのね、いい話じゃないんだけど、クニコさん、覚えてる？」

「クニコさん、中学生のときにあなたと一緒に学級委員をしていた人でしょう。気の強い……」

「そうなの、そのクニコさんなんだけど、亡くなったのよ」

「えっ、そうなの」

アキコはあまり彼女が好きではなかったので、親しくしていなかった。アキコの学校は中学生のときは三年間、クラス替えはなく、高校になって編成が変わる。そのときにクニコさんとは同じクラスにならなかったので、学内で見かけるだけで話をした記憶はない。モトコさんは優しかったけれど、クニコさんはアキコの家庭に関して、いつも馬鹿にしたような発言をする人でもあった。偏差値の高い大学を出て、それに見合う相手と結婚し、優秀な子供を産み育てるのがいちばんだと、当時からいっているような人だった。「このクラスには、うちの学校にはふさわしくない人がいる」とか、「父親がいない家庭の人なんて」など、聞こえよがしにい

ったりしていた。直接アキコの名前は出さないまでも、もちろん同級生にはアキコのことだとわかる。それに対して同調する人はほとんどおらず、黙っている人が多かったが、モトコさんのほか、二、三人が、

「そんなことをいうものじゃないわよ」

と反論してくれた。それでクニコさんを憎むというわけではなかったが、進んで仲よくしようとは思えないタイプだった。

モトコさんの話によると、クニコさんはエスカレーター式に入学できる、上の大学には通わず、難関大学に合格した。卒業後は省庁に入ったという。

「クニコさんらしいわね」

単純に彼女の風貌《ふうぼう》からのイメージだが、アキコはぴったりだとうなずいた。その後、同僚と結婚したものの、四十代半ばで病気が発覚し、手術と静養を繰り返していたが、おととい亡くなったというのだった。

「子供はいなくて、闘病中に彼のほうが不倫をしたりして、精神的にも肉体的にも大変だったみたい」

モトコさんは暗い声でいった。

「そうだったの」

自分の理想から離れた人生で、さぞかし歯がゆい思いをしていたことだろう。

モトコさんから、クニコさんの葬儀、告別式の詳細を教えてもらった。旧姓ではなかったので、まだ離婚はしていなかったようだ。参列できるようであれば斎場で会いましょうと、モトコさんの電話は切れた。受話器を置いてふと見ると、ふだんと違う様子を感じ取ったのか、ネコ兄弟はそれぞれ横になっていながらも、じっとアキコのほうを見ている。

「大丈夫、何でもないのよ。安心して」

アキコが声をかけると、二匹は安心したようにまた目を閉じて眠りに入った。

翌日、その話をしまちゃんにすると、

「優秀な方だったんですね。それでもあまりに自分に見合わない、大きな望みを掲げると、それが叶《かな》わなかったときに辛《つら》そうですね」

と悲しそうな表情になった。

「違うのよ。彼女はそれが大きな望みだとは全然、思ってないの。自分だったらそうなるに決まってる、それができるのに間違いないって、自信満々だったのよ」

「へええ」

しまちゃんは目を丸くした。

「それだけ優秀な人だったんだけど。病気はともかく、プライドが高い人だったから、夫に裏切られたのは、悔しくて腹立たしかったと思うわ」

アキコはクールビューティという言葉がぴったりの、クニコさんの冷たさのある顔を思い出した。

「そういう性格だから、旦那《だんな》さんがいやになっちゃうんじゃないですか」

しまちゃんがさらりといったので、アキコも、

「そうね、そうかもしれない」

といい、開店準備に入った。

お客さんも絶え間なくやってきて、ママさんがちょくちょく顔を出すのもいつもの通りで、無事、一日が過ぎた。

「お休みの日なのに。大変ですね」

帰り際、しまちゃんは、定休日なのに明日の夕方から告別式に行くアキコを労《ねぎら》った。

「私くらいの年齢になるとね、こういう場が多くなってくるのよ。まだまだしまちゃんが呼ばれるのは、お祝い事ばかりでしょう。悲しいけど仕方がないわね」

しまちゃんはまじめな顔でうなずき、

「それでは失礼します。ありがとうございました」

と部活のお辞儀をして帰って行った。アキコは彼女のしっかりした両肩の後ろ姿を見送った。

「そうだ、喪服の用意をしなくちゃ」

ママが来るかなと喫茶店のほうを見ると、お客さんでいっぱいで忙しそうだった。アキコはシャッターを閉めて自室に向かった。

いつものネコ兄弟の突進や、競うような必死の愛情表現を受け止めながら、抱っことご飯でやっと落ち着かせ、簡単な晩御飯を食べて喪服を取り出した。衿《えり》周りに小さなフリルがついたジャケットと、ワンピースのセットだ。これを最後に着たのは、母の葬儀だった。幸い今まで着る機会はなかったが、まさかかつての同級生の葬儀で着るとは想像もしていなかった。

ハンガーを長押《なげし》にひっかけて、洋服ブラシで軽くブラッシングした。会社に勤めているときは、喪服は必需品で会社のロッカーに入れてあった。当時はブラックフォーマルというだけで、喪服の価格がぐんと上がるので、黒いテーラードカラーのジャケットとスカートのスーツを、喪服がわりにしていた。高齢の作家の葬儀のお手伝いや、上司の代理参列など、ずいぶん着た覚えがある。その後、三十代半ばになって、やはりきちんとそれらしいもののほうがいいと、ブラックフォーマル売り場で、同じデザインのスーツを購入した。

今、目の前にある喪服は、会社をやめる直前に、これから増えるであろうプライベートな葬儀のために買った。当初は新しく買わなくても、会社用のものを流用すればいいと考えていたが、若い頃は問題がなかったのに、材質もグレードアップしたのにもかかわらず、会社の鏡に映った自分の姿を見て、全然、似合わなくなったのに驚いた。シンプルなスーツがものすごく地味で、おまけに老けて見える。参列する側というよりも、葬儀会社の人のようである。これではいけないと、少し飾りのある喪服にしたのだった。それ以降、シンプルな黒いスーツの出番はなくなってしまった。試しにそちらも取り出して顔に当ててみたものの、それが似合う雰囲気には戻っていなかった。

喪服を点検したところ、問題はなかった。下駄箱の中から靴箱を出して、今では履かなくなったパンプスを取り出した。こちらも特に問題はなかった。

「そうだ、バッグ、ストッキングも。あっ、香典袋もあったかしら」

アキコは急にあたふたしながら、不祝儀用の引き出しを開けて、必要な品物がいちおうすべて入っているのを見て、ほっとした。

翌日、喪服にネコの毛は大敵なので、アキコは着替える前に、これ以上、抱っこしてとねだられないくらい、ネコ兄弟をべたべたにかわいがった。

「これからちょっとお出かけしてきますから、仲よくお留守番しててね」

声をかけると、大満足した兄弟は、

「にゃあ」「なああ」

とよいお返事をして、ごろりと横になって目をつぶってくれた。念には念を入れて喪服にブラシをかけ、着替えた後もコロコロでネコの毛取りである。こんなに気をつけているのに、どうしてネコの毛が見つかるのかと、首を傾《かし》げながら、着慣れない喪服で外に出た。

外に出たとたん、ママと出くわした。

「まっ、どうしたの、いったい」

彼女は目を丸くしてアキコの頭のてっぺんからつま先まで、何度も視線を往復させている。

「中学生のときの同級生が亡くなったんです。これから告別式なんです」

「あらー、まあー、そうなの。まだ若いのにお気の毒にねえ」

「高校生になってからは別のクラスだったし、それ以降、ずっとお付き合いがない人だったんですけど。おととい連絡があって」

「アキちゃんもそういう歳《とし》になったんだねえ。お悔やみ申し上げます。もしかしたら、まだご両親はご健在なんじゃないの」

「そうかもしれないですね」

「辛いねえ、親御さんも子供に先立たれたら。それも運命といえば運命なんだけど」

ママさんは神妙な顔をして考え込んでいたが、はっと気がついて、

「ごめん、気をつけていってきて。それとさ、お清めのときは声をかけてよ。やってあげるから」

と店に入っていった。

「ありがとうございます」

アキコは頭を下げて、モトコさんが教えてくれた、郊外のセレモニーホールに向かった。中に入るとホールの担当者もいるのに、モトコさんが入口のところで待っていて、学校関係の参列者に声をかけていた。さすがに学級委員をやるような人は、何十年経《た》っても、心持ちが変わらないのだなあと、アキコは感心した。

「おとといはどうもありがとう」

「いいえ、とんでもない。みんなあちらの部屋に集まっているので、どうぞ」

小声で会話を交わして、アキコは案内された部屋に入った。懐かしい顔が集まっていた。しかし場所が場所なので、おおっぴらに旧交を温めてはしゃぐわけにもいかず、声を潜めて再会の挨拶《あいさつ》をした。みんな五十歳をすぎて、それなりに歳を取っていたけれど、当時の面影が残っていて、学生時代の姿が蘇《よみがえ》ってきた。

「みんな変わったけれど……、変わらないわね」

アキコは隣に座っているナナコさんに囁いた。

「本当ね、卒業してから何十年も経っているのに、会ったとたんにあの当時に戻るのね。残念ながら顔やスタイルは戻らないけど」

彼女は口元を黒いレースのハンカチで隠して、ふふふと笑った。ナナコさんはテニス部で活躍していた。目の前の彼女も顔は日に焼けて、二の腕もたくましい。

「今でもテニスは続けているんでしょう」

彼女は大きくうなずいた。テニスが縁で結婚したので、子育て中はやめていたけれど、子供の手が離れてからは、夫婦でテニスサークルに入って、週末に必ずコートでボールを打っているのだという。

「健康的ねえ。私なんかずっと室内にこもっているから、絶対に運動不足だわ」

アキコの言葉に彼女は首を横に振って、

「ある年齢を超えたら、運動もそこそこにしておかないとだめよ。無理をしちゃ絶対にだめ。うちの主人なんか、先週、プレイ中にぎっくり腰になっちゃって、大変だったの。還暦の誕生日の翌日に、ぎっくり腰をやるなんて、あなた、いったいどういうことっていったんだけどね。毎日、痛いってうめいているわよ」

年寄りの冷や水という言葉も浮かんできた。同級生も亡くなるような年齢になったわけだし、周囲からもれてくる会話を聞いていると、親の介護と自分や夫の体調、子供の就職の話題ばかりだ。結婚もしておらず、子供もいないアキコには、周囲に年月の流れを目の当たりに確認できるものがない。特に人間的な成長もしないまま、ずるずるっとこの歳になったのかもしれないなあと、夫や子供の話をしている同級生を眺めていた。

アキコを見つけた同級生たちが寄ってきて、彼女たちと小声で挨拶しあっていると、クニコさんのご両親が部屋に入ってきた。

「今日はお忙しいのにありがとうございます。クニコのために集まっていただいて……。娘も喜んでいると思います」

小さな声でお母さんが挨拶をした。中学の授業参観に来ていたとは思うが、顔の記憶はない。隣でお父さんが何度も頭を下げながらうなずいている。

「お別れしてやってください。よろしくお願いします」

ますます小さな声になって、体を縮めてご両親は部屋を出ていった。そのしぼみきった後ろ姿を見ると、悲しみが押し寄せてきた。アキコにとってクニコさんは、仲のいい友だちでもなかったし、好ましいと思っていた人ではなかった。それでも、あれだけ能力が高くて、自分にプライドを持っていた人だから、五十代で命を終えなくてはならないことが、とても残念だっただろう。クニコさんがどういう人だったかは問題ではなく、ただ娘が先立ってしまったご両親の悲しみだけが、胸に迫ってきた。

たろが急に亡くなったとき……。アキコは思い出しても未《いま》だに涙が出てくる。ネコと人間とを一緒にして申し訳ないが、アキコがうちひしがれた以上に、ご両親は慟哭《どうこく》の日々を送ることになってしまうだろう。誰だって歳を取ったら、安穏な毎日を送りたいと考えているはずなのに、そうではなくなった、それもいちばん辛い悲しみが襲った、クニコさんのご両親にはかける言葉も見つからなかった。

部屋にいた一同は、同じ気持ちになっていたと思う。ご両親が去られてから、言葉を発するのもためらわれ、しーんと静まりかえっていた。すると彼らと入れ替わりのように、斎場の女性係員がやってきて、式の始まりを告げられ、会場に移動した。中に入ると正面にクニコさんの遺影が掲げられているのを見て、アキコははっとして息が詰まりそうになった。当時の面影を残しつつ、ますます気の強さと頭のよさが前面に出ている、クールビューティの顔を眺めた。

ナナコさんとモトコさんに挟まれて座り、アキコが遺族席に目をやると、前列に初老の男性とご両親、茶髪の中年女性と中学校の制服を着た、兄妹らしき子供たちが座っていた。

「あの男性がご主人で、ご両親のお隣が妹さんとお子さんだと思うわ」

モトコさんが小声で教えてくれた。

「妹さん、ずいぶんタイプが違うわね」

「中学のときから、妹さんのこと、めちゃくちゃ悪くいっていたもの。頭が悪いとか、親族の恥さらしだとか」

「ええっ、そうなの」

「そうよ。親御さんはうちの学校に入れたかったらしいんだけど、学校の先生に無理っていわれたのが、クニコさんは恥だと思ったみたい。いつも学級委員会のときに、妹が近所の公立中学校に入るのがみっともないって、文句ばかりいってたわ」

「そんなこといわれてもねえ」

「でもほら、彼女はああいう人だったから。自分の身内がそうだなんて、耐えられなかったんじゃない」

「でも妹さん、幸せそうよ。こういう場でそういうのも変だけど」

「そうね、子供たちもきちんとしてるし」

ナナコさんは隣で、うんうんとうなずいている。

ほどなく読経がはじまり、焼香の列ができた。アキコも焼香を済ませ、席に座ってとりあえずほっとして、遺族席に再び目をやった。

（あの人がクニコさんが闘病中だというのに、浮気していたのか）

夫は実直そうに見えた。しかし彼女との結婚生活は、大変だったのかもしれないとも考えた。夫婦のことは夫婦だけにしかわからない。とにかくクニコさんがこの世からいなくなったことだけが事実なのだ。

焼香後の参列者は、流れ作業のように別室に案内された。部屋に用意してあった鮨《すし》をひとつ、ふたつつまみながら、アキコはかつてのクラスメートたちと話をした。アキコの現在を知っている人もいれば、知らない人もいる。

「すごいわね、アキコさん。お店を経営なさってるんですってね」

みるからに裕福そうなマユミさんがやってきた。喪服姿なのに周囲に華やかさをふりまいている。中学生の頃から、どこか華やかでおっとりした雰囲気を漂わせていて、それをずっと持ち続けているのに感心した。

「母親の店を改装しただけなのよ。全部、親からもらったものだから」

「それにしても経営者でいるのは大変なことよ。ご立派だわ」

「いつまで続くかわからないんだけど」

「アキコさんなら大丈夫よ。しっかりしてたもの。私、覚えているのよ。体育祭の練習のとき、私が組み体操が苦手で、もたもたしていて、ずっと先生に叱《しか》られていたの。そうしたらあなたが、『マユミさんにはそのポジションは難しいので、他の人と代わったほうが、いいと思います』って、いってくれたのよ」

「えっ、ごめんなさい。嫌な思いをしたでしょう」

「ううん、そうじゃないの。私がいえなかったことを先生にいってくれて、ほっとしたのよ。ああ、助かったって思ったわ。あのとき、私、御礼をいわなかったのよね。ものすごく遅くなったけど、あのときはありがとう」

マユミさんは頭を下げた。自分は覚えていないけれど、他の人は覚えているような出来事がたくさんあるのだろう。それがその人にとってうれしいことだったらばいいのだが、そうでない出来事のほうが多いような気がする。マユミさんにそういわれてうれしかったものの、黙っているけれど、ここにいるかつて同じ校舎で勉強した人たちに、不愉快な思いをさせたこともあるかもしれないなあと、複雑な気持ちでアキコは椅子《いす》に座って、部屋の中にいるクニコさんとつながりがある人々を眺めていた。

かつての同級生たちとアドレスを交換して、アキコは家の最寄り駅に着いた。ママの店の様子はどうかしらと外からのぞくと、カウンターの中からママが店の外に出てきて、

「お疲れさまでした。お清めしましょ」

と手を出した。アキコが香典袋と交換のような形でいただいた、香典返しの手提《てさ》げ袋から、小さな紙の包みをママさんに渡すと、彼女は音をたてないように静かに袋を破り、中の塩をアキコの喪服にぱらぱらぱらと振りかけた。

「ありがとうございます」

「同級生が亡くなるのは辛いね。お子さんは？」

「いないんです。ご主人とはうまくいってなかったみたいで。それよりご両親が本当にお気の

毒でした」

「そうだね。本当にそうだね」

ママは二、三回うなずいて、

「それじゃ」

と店の中に入っていった。アキコはまた頭を下げて、三階に上がっていった。

そーっとドアを開けたとたん、

「うわあああ」「にゃあああああ」

とネコ兄弟の声が大音量で聞こえてきた。明らかに不満をぶつけている。

「はいはい、ただいま。お留守番ありがとうね」

喪服にネコの毛がつくと、後始末が大変なので、

「ちょっと待って、ちょっと待ってて」

といいながら、小走りに彼らの攻撃をかわし、まず喪服を脱ごうと思ったけれど、さすがに敵はアキコよりもすばしっこく、筋力にものをいわせて、飛びついてきた。

「わっ」

抱きついたらこっちのものと、ネコ兄弟はぐふぐふと喉《のど》を鳴らしながら、顔を喪服にすりつけてくる。

「わわわ」

彼らを下ろそうとすると、爪を立てて抵抗する。無理に引きはがそうとすると、絶対、穴があいてしまう。

「はあ」

仕方なくアキコは両腕にネコ兄弟を抱えたまま、ベッドの上に座った。彼らは彼女の顔を舐《な》めるわ、喪服に体をこすりつけるわで、あっという間に黒い喪服はネコの毛だらけになってしまった。

「はあ」

アキコはもう一度ため息をついて、ネコ兄弟にされるがままになっていた。

翌日、おとといは訃報に接して少なからずショックを受けていたため、しまちゃんに見せるのを忘れた、たいとろんの「へそ天」画像を見せた。

「あはははは」

しまちゃんは画像を見るなり、まるで子供のように大笑いしている。

「すごいですねえ。隠すという言葉がこの世にないような姿ですね」

何度も携帯の画像を覗《のぞ》き込んでは大笑いし、

「すみません、転送していただいていいですか」

と自分の携帯に取り込んで、またそれを見ては笑っていた。

「何なんでしょうねえ。これは」

「わからないけど……。ネコたちには意図があるのかしら」

アキコがたずねると、しまちゃんも、

「さあ、そこがネコのすごいところともいえますよね」

という。

アキコがうなずいていると、しまちゃんは携帯を操作しはじめた。

「どうしたの」

「あの、たいちゃんとろんちゃんの『へそ天』に匹敵するような画像がないかと、探してるんですけど……。うーん、どうもうちの姉妹は力不足のようです」

「あら、そんなことないでしょう。どこの家のネコも、それなりに変なことをやっているわよ」

アキコも横からのぞいてみた。

「しいていえば、これですかね」

ディスプレイに映っているのは、部屋の中で行き倒れているフミちゃんとスミちゃんの図だった。床の上に寝ているのだが、手足のポジションが二匹とも、どうやったらそんなふうに寝られるのかと聞きたくなるくらい、妙な具合に曲がっている。

「あはは、これ、面白い」

アキコが笑うとしまちゃんは、

「そうですか。よかった」

と満足そうに笑いながら、もう一度画像を眺めた。動物はありがたい。自分に悲しいことがあっても、彼らは慰めの言葉をいうわけでもないのに、ただ自然にしているだけで、こちらの気持ちが安らぎ、笑わせてくれたりする。たろが亡くなったように、たいもろんも、フミちゃんもスミちゃんも、順番でいけば自分たちよりも、先に逝ってしまう。いつまでも生き続けるのも問題だし、生き物として命の終わりがあるのは当然なのだけれど、歳を取るとそれがひしひしと伝わってくると、アキコは笑いながら、少し寂しくなった。

6

休みの日、アキコは急にお寺に行きたくなった。年齢的に親や親の友だちは仕方がないとしても、同級生まで亡くなるような年齢になったのを思い知らされ、これからの自分について考えた。とりあえず還暦はやってくるし、一年が過ぎる早さを思えば、前期高齢者、そして後期高齢者になるのは、あっという間だろう。歳《とし》を取るのはいやではないけれど、必ず老人になる日はくるので、それは無視できないのだ。

アキコが出かける準備をはじめると、どすこい兄弟は、いつもの休みの日と違うと感じ取ったらしく、わあわあと声を合わせて、アキコを見上げて鳴いた。そして二匹揃《そろ》って大きな頭をぐいぐいとアキコの両足に押しつけてくる。

「すぐ帰ってくるからね。帰ってきたら遊ぼうね」

二匹はしばらくわめいていたが、ふてくされて寝てしまった。アキコが着替え、

「ごめんね、すぐに帰ってくるからね」

と声をかけると、たいは右目を開けて、ちらりとアキコを見て、

「ふんっ」

と鼻息を出した。ろんは完全無視だった。

「いってきます」

アキコは苦笑いをしながら家を出た。

平日の午前中の電車に揺られながら、アキコは乗客を眺めていた。七人掛けの椅子《いす》には五人

座っていたが、そのうちの三人は手にしたスマホから目を離さない。あとの一人の男性はスポーツ新聞を読み、もう一人の高齢女性はじっと目をつぶっていた。他の座席を見ても、ほぼ半数の人が、スマホを手にしている。なかで本を読んでいる男性がいたが、それは図書館の蔵書シールのある、ベストセラーのミステリーだった。

（なるほど。世の中はこういうふうになっているのね）

出版社をやめて何年も経《た》っているけれど、どうしても本を読んでいる人が気になる。携帯電話が普及する前は、車内で文庫本や週刊誌、新聞、マンガを読んでいる人が多かったが、今はそちらが少数派になってしまった。たまに単行本を読んでいる人がいても、図書館の透明のフィルムカバーと蔵書シールが貼《は》ってあって、正直いって、

（あーあ）

と思う。いつだったか会社の後輩から電話があって、

「アキコさんはいいときにやめたのかも」

といわれた。自分がやめたいちばんの理由は、会社内では昇進だけれど、まったく興味のない経理部への異動の辞令が出たからだった。

「本当に本が売れないんですよ。以前はベストセラーがあると、読んだ人が芋づる式に他の本にも興味を向けてくれて、様々な本が動いたんですけれど、最近はベストセラーだけしか売れ

ないんです。そこから他の本に広がっていかないんですね。ただ流行している本を読んだっていいたい人が多いだけなんだと思います」

それでもまだ、本を買ってくれる人がいるのはありがたい。

「アキコさんが経理の責任者になったら、あまりの悲惨さに愕然《がくぜん》としますよ。ほら、○○さん、アキコさんも昔、担当していましたよね」

その○○さんというのは、当時のベストセラー作家で、アキコもサイン会のために、彼と一緒に都内の大型書店や、地方都市の書店を廻《めぐ》った記憶がある。単行本の初版は二十万部を下らなかった。

「それが今は、初版はよくて一万五千部なんです。こんな状態で五年後、うちの会社があるかどうか、わからなくなってきました」

もしも会社をやめずに素直に経理部に異動して、いくら自分は本の売り上げに直接貢献していないとはいえ、売れ行きのよろしくない、小さな数字を日々、見ていたら精神的にまいっていたかもしれない。アキコは編集部にいたのだから、そんな現実を目にしたら、よりショックも大きい。だから後輩は、そんな思いをすることもなく、やめたアキコは幸せだったかもしれないといったのだ。

勤めていた会社や店の存続を憂えている間に、電車はお寺の最寄り駅に到着した。降りる人も多くまだまだ人気のある町のようだ。前に来たときからまた町の様子が変わり、古い店がガラス張りのビルに建て変わっていて、洒落《しゃれ》たオープンテラスのカフェができている。そこには外国人観光客が陣取っていた。アキコは、能がないなと自分に呆《あき》れつつ、以前、手土産にした和菓子店に足を向けた。もしもあの店がなくなっていたらどうしようと不安になったが、仕舞《しも》た屋の造りのまま、つつましく商いをしていたのでほっとした。この町は全体がどこか懐かしい感じだったのに、妙に流行を取り入れた風の店になっているか、懐かしい雰囲気でしょうと押しつけがましい店が増えていた。鉢植えの花をくれた、間違いなく粋筋のおばさんの家も、縦に細長いマンションに変わり、家の前にあふれんばかりになっていた、植木鉢も姿を消していた。アキコはお寺にとぼとぼと歩いていった。

お寺には突然、行ってしまうので、アキコは迷惑をかけているのではないかと後ろめたかった。今日は法事などで忙しくないのかしら、いつも住職の奥さんは、優しく迎えてくれるけれど、また今日も来てしまって、大丈夫かしらと、アキコは門の陰からそっと中をのぞいてみた。

「あら。お久しぶりです」

背後から声が聞こえ、思わずアキコは、

「うわっ」

とのけぞりながら振り返った。そこには箒《ほうき》を手にした作務衣《さむえ》姿の住職の奥さんが、優しい笑顔で立っていた。

「あの、いつも突然ですみません。あの、ご迷惑じゃないかと思って、ちょっと心配になってしまって」

アキコはどっと汗が出て来た。

「まあ、気になさらないで。大丈夫ですよ、どうぞお入りになって」

「でも、お仕事中では」

「いえ、塀のぐるりを掃除していただけですから、ひとまわりしたら終わりです。どうぞ」

「ありがとうございます」

アキコは頭を下げて中に入った。庭の植栽もきれいに整えられ、花の鉢植えもずらっと並んでいる。やっぱりここに来ると、心に詰まったなにかが、すーっとなくなっていくのを感じて、庭木を見ながらその場に立ち尽くしていた。

「どうぞ。こちらへ」

奥さんは縁側に座布団を敷いてすすめてくれた。アキコは会釈をして、

「前と同じお店のものです。代わり映えしないですみません」

と和菓子の箱が入った、紙の手提《てさ》げ袋を彼女に手渡した。

「ありがとうございます。でも本当に、次はどうぞお気遣いなくお願いしますね」

彼女がすでに次の訪問を予測してくれているところに、アキコは気が向いたときにふらっとお寺を訪れてしまう、自分勝手な行動が許された気持ちになった。

「少しお待ちください」

彼女はすっと奥に姿を消した。どうしてあのように、すっとした立ち居振る舞いができるのだろうかと、アキコは不思議でたまらなかった。何をしているときも、「やってます」という感じではなく、まるで風が動いているかのように優雅で軽やかなのだ。

そしてまた、すっと彼女はお盆を手に姿を現した。緑茶と和菓子がのせられている。

「お持たせで失礼いたします。あの松、少し格好がよくなったと思いません？　あっ、それは図々しいいい方でしたね。失礼しました。あの松、剪定《せんてい》したばかりなんですよ、うふふふ」

ちょっと失敗しちゃったという感じがどこかかわいらしい。

「ええ、格好いいです。全体的にすっきりしましたね」

アキコは美しい色合いの緑茶が入っている湯呑《ゆの》みを手にした。

「いつもね、住職に叱《しか》られるんですよ。『あなたは押しつけがましいところがありますね。あなたがいいと思っていても、他人様《ひとさま》はそうではない場合もあるんですから』っていわれて。たしかにそうだなって反省するんですけどね、つい出ちゃうところが、だめなんですねえ」

「いえ、私もあの形は好きです」

「そう、ありがとうございます」

アキコはこの人と知り合えて、本当によかったと、心が温かくなった。血がつながっているはずの住職とはほとんど話す機会がないのに、彼の妻である彼女とは、何度も話をしている。このお寺を訪れるのも、彼女に会いたいからで、申し訳ないけれど住職の存在は頭にないのだ。

「実は、うちに二匹、ネコが来まして。すみません、つまらない話で……」

「えっ、つまらない話じゃないわ。あら、よかったわねえ。今度はどういうネコちゃんたちなの」

奥さんがつつっと膝《ひざ》を寄せてきてくれたので、アキコはうれしくなって、携帯の画像を見せた。

「あら、まあ、前のネコちゃんに似ていない？　そのネコちゃんの兄弟なの？」

「いえ、そんなことはないと思うんですけれど。他のネコたちと一緒に、住んでいた家を追い出されたのを、ご近所の方たちが保護して下さっていたんです」

アキコは、たいとろんが自分の家に来たいきさつを話した。彼女は、

「ひどい話ねえ」

と眉《まゆ》をひそめた。

「ええ、でも保護してお世話をして下さっていたので、本当によかったです」

「それにしても、今まで一緒に暮らしてきたネコたちを、叩《たた》いて追い出すなんて、いったいどういうつもりなんでしょう」

彼女の目にはうっすら涙も浮かんでいる。

「そうなんです」

二人の会話は途切れた。アキコが緑茶をひと口いただき、彼女のほうを見ると、目をつぶって合掌《がっしょう》していた。アキコははっとして両手を膝の上にのせて、背筋を伸ばした。しばらくして奥さんは目を開け、アキコに一礼した。アキコも頭を下げた。

「いろいろなことがありますねえ」

彼女はぽつりといった。

「ほら、ああいうタイプもいるのにねえ」

いつやってきたのか、松の木を背もたれにして、花壇の中にでんと座っている白ネコがいた。大股《おおまた》開きのまま、安心しきって右手をぺろぺろと舐《な》め、その手で顔を熱心にこすっている。

「人生もそうかもしれませんが、どうしてネコ生もそんな不公平なことになるんでしょうね」

アキコがつぶやくと、

「本当に、命を落とすなんてかわいそうに」

と奥さんも声を落とした。

「最近、私の知り合いが二人、亡くなったのです」

「まあ、それは、それは」

奥さんがまた合掌してしばしの間、祈ってくれた。

「ありがとうございます。一人は亡くなった母の若い頃からのお友だちで、もう一人は私の同級生なんです。母のお友だちについては、こういってはなんですが、年齢的なこともあるので。たしかに驚いたのは間違いないのですが、さすがに同級生となると、あまりに身近すぎて……。自分もそういう年齢になったのだなと思いました」

「そうですか。まだお若いのにね。でもうちでもたまにお子さんのご葬儀をやらせていただくことがあるんですけれど、ご高齢の方は『大往生』といえるけれど、お子さんはまさかそうはいえないでしょう。まだ生まれて、五年、十年なんですから。正直いって私は、そのようなご葬儀が終わると、気分が落ちます」

「えっ、奥様がですか」

「はい」

彼女は静かにうなずいた。

「世の中には悲しいけれど、長く生きてこられた方からという納得できる順番というものがありますからね。それが先に逝くのが幼い子となったら、親御さんの気持ちを考えるとかける言葉もないです」

「そういったご遺族にはどうなさるのですか」

「相手がお話ししたいのであれば、私はただずっとお話をうかがうだけです。でもそうなるのは、ずっと後になってからです。ご葬儀のときは、ご遺族の方々はとてもそのようなお気持ちにはなれないです」

アキコは黙ってうなずいた。

「どうして人って死ぬんでしょうか」

アキコはついに松の木にもたれて、爆睡している白ネコに目をやりながらいった。

「そうですねえ、生きているからなんでしょうけれど……。ふふっ、ごめんなさい。また住職に叱られてしまうかも」

奥さんが笑ってくれたので、アキコの気分が少し軽くなった。

「亡くなって生き返った人っていませんからね。そういう人がいたら、私も話をうかがいたいわ。臨死体験をした方はいらっしゃるけれど」

アキコは、相変わらず何も気にしていない白ネコを眺めながら、自分はこれまで、亡くなった後は三途の川というものがあって、その向こうはとってもきれいな花が咲いていて、すでに亡くなっている人たちが、迎えに来てくれているのだと、母からも教えられていたし、臨死体験をした人たちのそういう話も聞いたことを思い出していた。

こちらに戻ってきた人は、自分は渡ろうとしているのに、向こう側にいる人たちが、こちらに来るなといったとか、また誰かの「行くな」という声が聞こえて、渡るのをやめたともいっていた。ああそうなのかと、漠然と納得していたが、みんながみんな同じ景色を見るのだろうかと、ふと疑問になった。だいたい心臓が止まって機能が停止しているのに、自分の意識が残っているのも妙な気がする。

「お寺にうかがって、こういうことをいうのも大変失礼のような気がするんですけれど、最近、私は亡くなったとたんに、すべてがなくなるだけなのではと思うようになりました。臨死体験をした方にも失礼なのかもしれないですが、三途の川や花畑の話は、ずっと昔からいわれ続けているので、きっと頭の中に刷り込まれていて、それを臨死の状態のときに夢のように見ていただけなのではと。そうはいいながら、臨死体験をした人が、三途の川の向こう側に、飼っていた動物たちが迎えに来てくれていたという話にも、とても惹《ひ》かれるのですが」

奥さんはアキコの話をうなずきながら聞いてくれた。

「死は誰もがはじめて経験することだから、不安なんでしょうね。だから怖いことではないという意味で、身内のお迎えや花畑の話になったのかもしれないですね。亡くなった動物たちが出てくるのは、飼い主がその子にまた会いたいって強く思っていたからでしょう。私もこれまで飼ってきたイヌやネコや小鳥や金魚が迎えてくれたらうれしいな」

　奥さんは笑っている。

「私も亡くなったネコに会いたいです」

「そうね。それではそういうときになったら、会えることを願って、生かされている私たちは、日々を暮らしていくことにいたしましょう。日々を大切にっていいたいところですけどね、私自身がどうしても雑に過ごしてしまうので、他人様には偉そうなことがいえないの。ごめんなさいね」

「でもお寺のお仕事をちゃんとこなしていらっしゃるじゃないですか」

「いいえ、とんでもない」

　彼女は違う、違うと大きく手を振った。

「この間もね、何だかとても眠くって。お客様にお茶をお出ししなくちゃいけないのに、立ったまま台所で寝てしまって」

「えっ、立ったまま」

「そうなの」

　あははと彼女は笑った。お茶を持ってくるのに時間がかかっているので、住職が様子を見に来て肩を揺すられて目が覚め、

「いったい何をしていたの」

とお互いに顔を見合わせて驚いたとか。

「住職も驚いていたけれど、私も自分でびっくりしちゃって。右手に急須を持ったままなのよ。でも高校生のとき、バレーボールの部活で、あまりに疲れて立ったまま眠っていたことがあったって、思い出したのね。お客様が帰られてから、住職からものすごく呆れられてしまって。お恥ずかしい限りですよ」

しばらく二人でくすくす笑っていた。アキコの腹筋がいつまでも小刻みに震えている。

「そうですか」

声もつい震えてしまう。

「こんなものなんですよ。この間は住職に目撃されてしまったけれど、わからないところでその何倍も失敗しているんですから」

奥さんはきちんと何でもできる素晴らしい人なのだと、勝手に思い込んでいたアキコにはちょっと意外だったが、それがまた彼女の魅力を増していた。

「ごめんなさい。くだらない私の話ばかりで。あなたのお母様のお友だちや、同級生を茶化したわけではないのよ」

「もちろん、わかっています。お話しいただいて、元気が出ました」

「そうですか。こんな話、お役に立つのかしら」

二人で和やかに話をしていると、

「こんにちは」

と背後で声がした。振り返ると巻紙を抱えた作務衣姿の住職と、坊主頭で同じく作務衣姿の青年が立っていた。血がつながっている人、と思うとアキコは緊張して居住まいを正し、

「お邪魔しております。いつも突然に申し訳ありません」

と頭を下げた。

「いえ、お気遣いなく。いつでもここの門は開いていますから。あのネコ、堂々としてるでしょう。大いびきをかいていたりするんですよ。どうぞ、ごゆっくり」

住職と青年は一礼して去っていった。

「他のお寺の息子さんをしばらくお預かりすることになって」

「ああ、そうですか」

周囲に人の出入りがあっても、白ネコには関係ないらしい。

「本当に動じませんね」

「そうなのよ。胆が据わってるというか、図々しいというか、ねっ」

白ネコは首をかっくりと垂れ、年末の電車内で酔いつぶれているおじさんのような格好にな

っていた。奥さんは笑顔から、すっとまじめな表情になり、

「亡くなられた方のことを、思い出してさしあげることが、ご供養になるんじゃないかしら。その方の素敵だったところを思い出してあげたら」

といった。

「そうですね。お二人とも、いつも親しくしていたわけではなかったのですが、そのようにすると、私の気持ちも安らぎます。ありがとうございました」

アキコが頭を下げると、彼女は、

「ほら、お菓子、忘れないで、どうぞ召し上がって」

と勧めてくれた。話に夢中でお茶はいただいたが、お菓子は手つかずだった。

「はい、ありがとうございます」

アキコは皿を取り上げ、こぶりだが、これでもかと豆が入っている、豆大福を手でつまんで口に入れた。

「手で物を食べるのっておいしいですよね」

奥さんがいった。

「うちの店でも、お客様から申し出がない限り、フォークやナイフはつけないんです」

「ああ、お店を経営なさっているの」

アキコははっとした。お寺に来てはじめて自分の生業《なりわい》について話してしまった。奥さんがあれこれ詮索《せんさく》しないので、自分が話したい内容だけを伝えていたが、ぽろっと言葉が口からこぼれ出てしまった。

「あ、あの、えーと、そうなんです。サンドイッチとスープの店なんですけれど」

「今はそういったお店には、お客様がたくさんいらっしゃるでしょう」

「開店当初はとても忙しかったのですが、今はほどほどに忙しい状態に落ち着いてきました」

「お一人で？」

「いいえ、女性の社員が一人いまして、二人でやっています。彼女がとても有能な人なので、助けられています」

「それはよかったわね。結局、お店でも何でも、人で成り立っているものね。それはよかったわ。何よりも貴重ね」

「はい、彼女とは縁があったのだと感謝しています」

やっとお寺に来て、この場にふさわしい話ができたと、アキコはほっとした。しかしこれ以上、店について深く突っ込まれると、まずいかもしれないと、不安がちらちらと顔を出してきた。

「失礼ですけれど、どちらでやっていらっしゃるの」

アキコは正直に最寄り駅の名前を告げた。

「あら、若い人に人気のある場所ね。うちの周辺は、ご高齢の方に人気がある町ですけれどね」

奥さんの表情も特に変わった様子もなく、アキコはほっとした。

「すみません、いつも突然におうかがいしてしまって」

「そんなことありませんよ。ここはそのときにいちばんお話ししたいことを話していただく場なのですから」

アキコは体を縮めて頭を下げた。

「ただこれからはお土産はなしにしてくださいね」

「わかりました、そのようにします」

アキコは立ち上がって、彼女に一礼し、

「どうぞご住職にもよろしくお伝えください」

といった。

「はい、伝えておきます」

奥さんは門のところまで見送りに来てくれたが、白ネコは酔いつぶれたおっさん姿のまま、爆睡している。

「いつまであのままでいるのかしら。体が辛くないのかしらねえ」

彼女は苦笑いしながら、

「いつでも思い出して下さったときに、いらしてください。ありがとうございました」

と深々と頭を下げた。アキコも同じように頭を下げて、お寺を後にした。いつまでも心臓がどきどきしていた。帰りの電車に乗りながら、もしも、母がこのような店を経営していて、急逝した後は自分が場所を引き継いで店を作ったとか、自分の出自の話をしたら、奥さんにはわかってしまうかもしれない。今までにも、いろいろな噂《うわさ》やありもしない話があったなどといっていたので、それと自分が合致してしまい、気付かれてしまうかもしれなかったと、電車に乗っても心臓の鼓動は落ち着いてくれなかった。お寺の庭に来る、あの白ネコみたいに堂々とはできないのだった。

途中、デパ地下で昼御飯のためのお弁当を購入した。今日は奮発して有名料理店のお弁当にした。

「二人とも、帰ったら文句をいうだろうな」

たいとろんの姿を思い出しながら、家の前までたどりつくと、ママが店から出てきた。

「お出かけ?」

「ええ、このごろ不幸が続いてしまったので……」

「ああ、そうだったねえ。その後もいろいろとあるよね」

ママはちらりとアキコが手に提げている、料理店の紙袋を見たが、それについては何もいわなかった。

「ま、疲れが出ないようにね。今日はゆっくり休んでくださいよ」

ママは労りの言葉をかけてくれて、

「じゃ」

と店に戻っていこうとした。

「ママさんも体に気をつけてくださいね」

声をかけられたママは、前を向いたまま、ひらひらと右手を振って、店に入ってしまった。

自室の鍵《かぎ》を開けると、寝ているのか二人とも迎えに出てこなかった。紙袋をテーブルの上に置き、洗面所で手を洗って部屋に戻ると、さっきまで影も形もなかった、たいとろんが、紙袋に集結して必死で匂《にお》いをかいでいる。

「ただいま。お留守番ありがとう。おいしいものはよくわかるのねえ」

アキコが両手で二匹の頭を撫《な》でてやると、いちおう、双方とも、

「ぐふう、ぐふう」

と喜んではいたが、いちばんの関心は食卓の上の紙袋だ。

「食べられるものは入っていないよ。これはお母さんのお昼御飯」

そんな言葉で兄弟が納得するわけもなく、まずろんが袋の中に大きな顔を突っ込んで、
と鳴き始めると、たいは負けじと中に入ろうとする。

「うわあ、うわあ」

「こらあ、だめ、だめ」

アキコは兄弟を紙袋から引きはがして、袋を冷蔵庫の上にのせた。

「しょうがないわねえ。それはお母さんの分なの。おとなしくお留守番をして偉かったから、今日はこっちをあげましょう」

特別なときにあげる、値段の高いネコ缶を入れてある棚を開けると、兄弟の顔がぱっと輝いた。そこから出てくるものは、ふだんに食べているものより、よりおいしいとわかっているのだ。

「うわあ、うわあ」

ひときわ大きい声がサラウンドで聞こえるなか、兄弟の食器にいれてやった。彼らは頭を突っ込んで食べている。頭の上に「がっつ、がっつ」という吹き出しが浮かんでいるかのようだ。

アキコはひと仕事が終わったような気分になって、食卓の椅子に座って、コップの水を飲みながら、ぼーっと兄弟の背中を見つめた。彼らに対して、うるさいなあとか、だめよといえる

のは幸せだ。毎日、「こらこら」とか「やめなさい」とか「待ちなさい」といっているけれど、たろが亡くなってからは、そんな言葉をいう機会すらなかった。それが二倍になって戻ってきてくれたおかげで、あたふたと日々を過ごしている。

正直、面倒くさいなと思うときもある。彼らはアキコがまだ眠っていたいのに、重量級の体を使って、いちばん熟睡している時間帯に起こそうとする。それはすべて彼らの都合である。大きな壁に押しつぶされる、とても怖くていやな夢を見ていたとふと目を覚ますと、腹と足の上に兄弟が乗っかっていて、じーっとアキコの顔を見ていることもあった。

「何、何なの」

とふと傍らを見ると、ネコじゃらしが置いてある。

「えっ、これ？」

手にして寝たまま左右に振ると、兄弟はお尻を高く上げて臨戦態勢に入り、ベッドの上は大騒ぎになった。

「ああ、眠い」

アキコは目をつぶったまま、適当にネコじゃらしを左右に動かしていると、突然、兄弟の動く気配がなくなった。目を開けてみると、彼らは不満そうな顔で、じーっとアキコの顔を見る。「ちゃんとやれよ」といっているかのようだ。睡魔に勝てず、そのまま目をつぶると、今度は太い前足でアキコの頬《ほお》を何度も叩《たた》く、「もしもし攻撃」がはじまる。

「ああ、もうっ」

アキコは覚悟を決めてがばっと起き、場所を変えてネコじゃらしを動かすと、兄弟たちは、なぜにそんなに転げ回るのかと聞きたくなるくらい、必死の形相で遊んでいる。十分ほどで騒動は終わり、兄弟は満足して眠りにつくのだけれど、アキコは目が冴《さ》えてしまい、朦朧《もうろう》としたまま起きる時間を迎える。へたをすると睡眠不足で、自分の健康にも被害が及ぶかもしれないのだが、彼らが喜んでいる姿を見ると、

「まあ、いいか」

とあきらめることにしている。

「おいしい？　よかったね」

アキコが兄弟に声をかけ、紙袋から弁当を取り出して食べようとすると、彼らは自分たちの食器からぱっと顔をあげ、アキコの前に置かれている弁当を、穴の開くほど見つめていた。

7

アキコはふと気になって、料理学校の理事長先生に手紙を書こうと、筆記用具と便箋《びんせん》を準備して、食卓の椅子《いす》に座った。そのとたん、どすこい兄弟は、何かおいしいものを食べるのではないかと、ものすごい勢いで走ってきて、食卓の上に飛び乗った。

「こら、いけません」

たいを下ろすと、すでに下ろしたろんがまた乗り、ろんを下ろしている間に、たいが乗っているという有様で、アキコは、

「こらあ、この上に乗ったらいけませんっていったでしょ」

と大声を出した。

兄弟が叱《しか》られてしゅんとしているのを見たらかわいそうになり、アキコは買い置きしてあった、おやつを兄弟に与えた。毎日ではなく、とっておきのときのご褒美《ほうび》にしようと、キャットフードを買いに行ったときに、ついでに買っておいたものだ。

「ちゃんとここにいるのよ。もう上に乗ったらだめよ」

アキコが説明すると、兄弟はわかっているのかいないのか、いちおう、ふんふんと真面目《まじめ》な顔で聞いている。

「いい子にしていなさい。これをあげるからね」

そのペースト状のおやつの封を切ったとたん、兄弟は同時に、

「うわあああ」

と目を目一杯見開いて鳴いた。そしてしゃがんでいるアキコの手をめがめて突進し、二匹で競り合いながら、おやつが入っている袋の開け口に鼻先を突っ込もうとする。

「ほらほら、待って、待ってて。今ちゃんとあげるから」

アキコはくねくねと体を揺すりながら、兄弟の攻撃から身をかわし、二枚のお皿におやつを取り分けて、

「はい、どうぞ」

と目の前に置いた。「ふんがふんが」「うまうま」「ぐるぐる」と様々な声を出しながら、二匹はおやつのペーストを舐《な》めまくっている。アキコはほっとして食卓に向かい、手紙を書きはじめた。

先生はお世話係のめいちゃんという若い女性と、お店にも来てくださったが、その後は日々

にかまけて連絡を取っていなかった。アキコは、先生の骨折した足のその後、日々に不自由なことはないか、いかに自分が先生のおかげで今の生活ができるようになったかの御礼を書き連ねた。一文字でも間違うと、便箋一枚分、すべて最初から書き直しなので、息をとめて文字を書いた。句点を書いてふっと息を吐き、後ろを見ると、どすこい兄弟は必死に空になった皿を舐めている。舐め続けていたらまたおやつが出てくると信じているかのようだ。

アキコが苦笑して次の文章に取りかかろうとすると、背後から、

「んにゃあ、んにゃああ」

とろんの声がした。たいのほうはどすどすと走ってきて、アキコの足に体をこすりつける。

「もう、おやつはないのよ。また今度ね。おいしくてよかったね」

手を伸ばしてたいの体を撫《な》でてやると、ろんが駆け寄ってきて、

「おれも、おれも」

とアピールする。

「よしよし」

足元にいる兄弟の体を手を伸ばして交互に撫でてやりながら、

「おとなしくしてて。用事があるからね」

と声をかけて、続きを書きはじめた。しばらく兄弟はアキコを見上げていたが、どこからも

おやつは出てこないし、ネコなりに、アキコが忙しそうだというのは理解したらしく、そこにぺたっと寝転んで、グルーミングをはじめた。

アキコが丁寧な文面、文字になるように神経を使った、先生宛《あて》の手紙がやっと書き終わった。便箋五枚なのに、どっと疲れた。ふと部屋の隅を見ると、どすこい兄弟は「へそ天」で寝ていた。

「このヒトたち、外で暮らしていたらどうなったのかしら」

ぱつんぱつんの兄弟のお腹《なか》にタオルでもかけてやりたい衝動を抑えながら、アキコは住所を書いた封筒に便箋を入れ、美しい屏風絵《びょうぶえ》の記念切手を貼《は》り、サンダルをつっかけて駅前のポストのところに走った。

翌日、出勤してきたしまちゃんの、

「おはようございます」

の声が嗄《か》れていた。

「あら、大丈夫」

「すみません、体力だけが取り柄だったのに。昨日、ちょっと羽目を外しすぎまして」

「何をしたの」

「バッティングセンターの後、カラオケに行ってしまいまして」

「あら、いいじゃない」

「最初はシオちゃんと二人だったんですが、だんだん参加する人が増えてきちゃって、結局総勢八人になって、夜中の三時までやっちゃったんです」

「それは大変だわ」

「はい、日付が変わる前に帰るつもりだったのに、ちょうどそんな時間に、明るく参加してくる人もいて、帰れなくなっちゃったんです。途中で少し寝たりはしたんですが」

「そういう日もあっていいんじゃない。発散するときもなくちゃ。咳《せき》は出る？　咳が出るとちょっとお店に出るのは、よくないんだけど」

「いえ、咳は出てないです」

「そう。もしも具合が悪くなるようだったらいってね。無理はしないで」

「わかりました。本当に申し訳ありません」

しまちゃんは深々と頭を下げた。

「誰だって体調が悪い日はあるわよ」

「はい。これから気をつけます」

二人で仕入れ先を回り、店に帰ってくるとしまちゃんの声が元に戻っていた。

「すごい、若いからすぐに回復したわね」

アキコが驚いていると、

「声が出るようになってきました。やっぱり腐れきった、澱《よど》んだ雰囲気の若造の中にいると体が汚れて、清らかな人々と会うと、浄化されるんじゃないでしょうか」

「ええっ、腐れ切った若造って、シオちゃんのこと」

「そうです。奴は何でもずるずると引き延ばす優柔不断なタイプで、すぱっと切り上げられないんですよ。それに比べて、仕入れ先のパン工房のご夫婦とか、農家の方とか、朝早くから真面目にきちんとお仕事なさってるじゃないですか。やっぱり夜遅くまで、だらだら飲んだくれたり、歌を歌っているようじゃだめですね」

「そんなことないわ。あの方々も気分転換のために、お酒を飲んでわーっと騒ぐこともあると思うわよ。たまには羽目を外すことも必要なんだってば」

「そうでしょうか」

「そうよ。そうじゃないと息苦しくなっちゃう」

「アキコさんもカラオケに行ったりするんですか」

「最近はまったく行かないけれど、会社に勤めているときは行ったわね」

「どんな歌を歌うんですか」

「私は、山口百恵専門」

「はあ」

しまちゃんはぴんとこないようだ。彼女が引退後に生まれているので、懐かしの映像でしか、彼女を見たことがないのだ。

「私が歌うと、学校の音楽の授業の時間みたいっていわれるの。きっちり歌いすぎるんですって」

「へえ、でも聞いてみたいな。でもあんな腐った野郎どもと、一緒の席にはお呼びできないし」

「そんなことないわよ。ただ年齢的に夜がきつくなってきたからね。とても深夜までっていうのは無理ね」

「アキコさんも、奴らとずっと一緒にいたら、私みたいに具合が悪くなると思います。奴らは単独で会うとそうでもないけど、五、六人集まると、男子中学生そのものなんですよ。正直、日本の将来をこいつらにまかせていいのかという気になります」

しまちゃんは眉間《みけん》に皺《しわ》を寄せているが、彼女がいうほど、シオちゃんは腐った野郎ではない。

「シオちゃん、優しくていい人じゃないの。ネコのこともあんなに心配してくれて」

「はあ、まあ、それは」

しまちゃんは強豪校の運動部かつ姉的な立場で、シオちゃんや彼の友だちを、

(こいつら、何やってんだ)

と呆《あき》れながら相手をしているのだろう。

「しまちゃんはしっかり者だから、どんな男の子も頼りなく感じるんじゃないの」

「ああ、うーん、そうかもしれません」

「でもいいじゃない。シオちゃんとは仲よしなんだから」

「そうですかねえ。うーん、そうなんでしょうか」

しまちゃんはしきりに首を傾《かし》げている。アキコは笑いながら、開店に向けての準備をはじめた。

しまちゃんの体調も上向きで、問題なく勤務を終えた。朝、体調が悪くてもだんだん元気になる若さがアキコも欲しくなった。アキコもそのようなときがあったかもしれないが、今は朝、具合が悪いと、動けば動くほど坂道を下るように体調が優れなくなる。ともかく体調が悪くならないようにと、注意するに限る年齢になってしまったのだ。

「治ったからって、無理したらだめよ。今日はフミちゃんとスミちゃんと、一緒にいてあげてちょうだい」

「はい、そうします。朝帰りをしたら、ものすごく怒られちゃって……。帰りに魚でも買って、機嫌を取ります」

「そうね、どうぞお大事に」

「はい、失礼します」

　しまちゃんはいつもと変わらない様子で帰っていった。外に出てシャッターを下ろそうとして、ママの店を見ると、店内はいっぱいになっていた。よかったと思いながら、アキコはシャッターを下ろし、自室に上がっていった。

　一週間ほどして先生から返事がきた。道路沿いの塵《ごみ》、埃《ほこり》が入っているであろう郵便受けに、先生のイニシャルがエンボス加工で施してある白い封筒が入っているのを見て、汚してしまったようで、とても申し訳ない気持ちになった。心の中で謝り、仕事の前なので手紙は母とたろの写真の前に置き、まとわりつくどすこい兄弟をいい含めて、開店モードに意識を持っていった。

　店での一日が終わり、兄弟にご飯を与えて、彼らが勢いよく食べている間に、アキコは白い封筒の封を、丁寧にハサミで切った。ちらりと文面全体に目を走らせて、心配になるような単語は書いてないなと確認し、頭から読んでいった。アキコの手紙に対する礼と、近況が書いてあった。幸い、怪我《けが》はすっかりよくなり、以前と変わらずに過ごせるようにはなった。

「年齢には勝てないのでしょうか、今まで簡単にできたことができなくなりました」

　アキコはその部分を何度も何度も読み返した。あの先生ができなくなったことって、いったい何なのだろう。

「体も怠け癖がついてしまったのか、すぐに疲れるようになってしまいましたので、何をするにも休み休みです。以前のように立ちっぱなしで料理をするなど、今となってはとても無理です」

ああそうなのかと、アキコは小さくため息をついた。知り合った当時の、料理学校での先生は、きびきびと動き、動作のひとつひとつが美しく、アキコはアスリートでも職人でもそうだが、一芸に秀で、その道を究めた人は、体の動きも同時に美しくなるのだと知ったのだった。

「おかげさまで、この間、私をサポートしてくれためいちゃんが、一週間に三回、お手伝いに来てくれるので、助かっています」

そうか、めいちゃんがお手伝いしてくれているのかと、アキコは日に焼けて、目がぱっちりとした、元気いっぱいを体から発している、彼女の姿を思い出した。

「そのめいちゃんも、アルバイトが忙しくなってきたので、お手伝いも今月末までです。その頃までに、体調と気力を整えて、自立できるように、しなくてはなりません。甘え癖がつくといけないですね」

先生は大丈夫だろうか、アキコは心配になってきた。

「幸い、教え子の方々が、お料理を次から次へと差し入れてくださり、どれもみんなおいしいので、体重だけは間違いなく増加しつつあります。これも大きな問題です」

そうか、そうなのか。先生の教え子には、たくさんの有名な料理人がいらっしゃるから、そういう人たちから、おいしい料理が差し入れられているのだろう。自分の出番がないとわかって、アキコはちょっとがっかりした。こういうときに、少しでも先生に恩返しをしたいのに、自分はその人たちの隙間にもぐりこむこともできず、何もできない。そんなアキコの心を察したかのように、

「アキコさんがお店で、背骨がぶれないお料理を出して、お客様に喜んでいただけるのが、私にとっての喜びです。お店にうかがったとき、食べている方々が、みんなうれしそうな顔をしているのが、本当にうれしかったです。どうぞお店を大切にしてください。あなたの右腕の、あのチャーミングな男の子のような女性の方もね」

アキコはありがとうございますと小声でいって、手紙に向かって頭を下げ、アキコにとって大切なものばかりがしまってある、タンスの引き出しに入れた。

そしてすぐに先生宛に、「私がお手伝いできることがありましたら、何でもおっしゃってください」とハガキに書いて投函《とうかん》してしまった。家に戻ってきて胸がどきどきしてきた。先生の周囲には、十分すぎるくらい、サポートしてくれる人々がいるのに、図々しかったかもしれない。少なからず、めいちゃんをはじめ、先生の身の回りのお世話ができる人たちに対して、嫉《しっ》

妬《と》心がわいてきて、「私もここにいます」とアピールするようなハガキを出したことを後悔した。あんなことを書いてしまって、先生の負担にならないだろうか。余計な気を遣わせてしまうのではないか。そうはいっても、「この前届いたハガキは気にしないでください」と連絡するのも変だし、アキコは、

「ああ、やってしまったかもしれない」

と頭を抱えた。

今まで忘れていたのに、小学校三年生のときの出来事を突然、思い出した。その日はプールの授業で、最初はみんなでプールの短辺でビート板を使って、バタ足の練習をしていた。アキコは「お食事処《どころ》　カヨ」の常連のおじさんたちに、それまでに何度もプールや海に連れていってもらっていた。いちおう平泳ぎやクロールもどきみたいな泳ぎはできたので、ビート板を使わずに短辺を行ったり来たりしていた。するとアキコの姿を見た担任の若い男の先生が、

「二十五メートルの半分くらいまで、泳いでみようか」

といって、プールのスタート地点を指差した。アキコはうなずいて、とりあえずプールから上がり、飛び込み台があるほうへ歩いていった。先生としては一度プールの中に入って、そこからスタートするであろうと予測していたのに、アキコは飛び込みなんてしたこともないのに、突然、飛び込み台の上から、飛び込んでしまったのだった。その瞬間、先生の、

「あーっ」

という絶叫が聞こえたような気がしたが、ものすごい腹部の痛みの後、水中でもがき、水を飲みまくったあげく、ふっと水面に顔が出た。

「大丈夫か」

呆然《ぼうぜん》としていると、目の前に先生の顔があった。

「痛いところはないか」

先生はげっぷと咳を繰り返すアキコの体を抱えて、プールサイドに寝かせ、体の上にタオルをかけてくれた。保健室の先生も駆けつけて、特別、問題はないだろうということになったが、その件は母に連絡され、万が一、家で具合が悪くなったら大変なので、見守ってあげてくださいといわれて、家に帰されたのだった。布団の上で寝ているアキコの枕元で、母は心配しながらも、

「アキコは学級委員で真面目でちゃんとしているのに、ときたま突飛なことをするねえ。どうしてかしらねえ」

とため息をついていた。アキコは自分でもあまりに恥ずかしかったので、母や先生に、どうして飛び込んだのかと聞かれても、「自分でもよくわかりません」としかいわなかったのだが、同級生よりも自分は泳げるとわかったとたん、「私、飛び込みだってできる」と確信を持って

しまい、勝手に飛び込んで自滅したのだった。同級生に見せつける気持ちはないのだが、先生に対してアピールしたかったのは事実だった。

「ああ、恥ずかしい……」

アキコは自分の黒歴史が蘇《よみがえ》ってきて頭を抱えた。

「私って、先生という立場の人に、アピールしたい性分なのかしら」

アキコは、小声で「恥ずかしい」を連発し、すり寄ってきたどすこい兄弟に向かって、

「お母さん、とても恥ずかしいことをしたのよ。小学生のとき。それと同じようなことを、さっきやっちゃったみたい」

といった。そういわれた兄弟は丸い目を見開いて、きょとんとしてアキコの顔を見上げていた。

「ああ、だめだめ、こんなことじゃ」

アキコは身震いをして、ハガキや筆記用具を片づけ、水をひと口飲んで心を落ち着かせた。どすこい兄弟が、「あ、おれたちにも何かくれるのか」と目を輝かせたのだが、

「あなたたちのご飯の時間はまだですよ」

といわれ、がっかりした顔でその場を離れていった。

アキコが勝手に飛び込んで溺《おぼ》れかけたことなど、同級生のほとんどは覚えていないだろうし、

母からも亡くなるまでその話が出たことはない。その場にいた人が誰一人、この出来事を覚えていなくても、自分が覚えているのが嫌だった。逆のほうがずっとましだった。若い頃に比べて、物覚えが悪くなってきたというのに、どうしてこんな黒歴史を思い出すのかと、自分の脳の機能に呆れてしまった。

「結局は小学三年生から、根本的には進歩していないということなのね」

どすこい兄弟に、

「何度もいったでしょう。どうしてわからないのかしらねえ」

と叱《しか》ったりもするが、結局は自分もたいして彼らと変わらないのだった。

アキコがその話をしまちゃんにすると、

「でも教えられていない、飛び込みを自主的にするっていうところが、アキコさんらしいです」

と褒めてくれた。精一杯、気を遣ってくれたのだろう。

「恥ずかしいわ。しまちゃんはそういう経験ってある？」

「あー、そうですねえ。うーん、自転車で海に落ちたり、田んぼに落ちたりはよくありましたけどね」

「ええっ、運動神経がいいのに」

「それとは別みたいですね。学校の帰りに友だちと下らない話をしながら自転車を漕いでいて、あはははと笑いながら、田んぼに落ちたのは、二回ありました」

「えっ、それでどうしたの」

「口の中にも泥が入って、制服も泥だらけになりながら、また、あはははと笑いながら起き上がって、そのまま自転車を漕いで帰りました」

「田んぼはまだいいけど、海のときはどうしたの」

「友だちの家に遊びに行って、徹夜で話しまくって、ソフトの朝練があったので、ふらふらになりながら自転車を漕いで家に帰っていたら、ふだんはそんな大きなトラックなんか通らないんですけど、気がついたらトラックの前に出てしまって、それであわててハンドルを切ったら、ちょうど柵《さく》のないところから落ちました。でも眠くて朦朧《もうろう》としていたので、まるでスローモーションみたいで、『あー、落ちてるなー』っていう感じでしたね」

幸い、背は立たないけれども比較的浅い場所だったので、しまちゃんが自力で道路下の土台によじ登ろうとしたら、驚いたトラックの運転手がしまちゃんを道路まで助け上げ、放置されていた破れた網を使って自転車も引き上げてくれて、家まで送り届けてくれたという。

「ご家族もびっくりしてたでしょう」

「両親と兄に『お前はバカか』と叱られておしまいです」

「たくましいわねえ」

しまちゃんの話に比べると、プールの飛び込みなんて、とってもちっちゃい話のような気がしてきた。

「黒歴史を話しながら、玉ねぎを切ったり、ジャガイモを剝《む》いている私たちって、いったい何なのかしらねえ」

アキコのため息まじりの言葉に、しまちゃんも苦笑いしながら、二人は黙々と大量の野菜の下準備を続けていた。

出して後悔したハガキについては、返事が来なくてもいいと割り切った。その反面、先生から返事がきたら、やっぱりうれしいとアキコが複雑な思いでいると、先生からもハガキで返事がきた。そこには、

「お気遣いありがとうございます。お願いしたいことがあったら、遠慮なくご連絡させていただきますね」

と書いてあった。最後の「ね」に先生が自分に少しは甘えてくださっているのではと、勝手に思い込んで、うれしくなった。先生は図々しい申し出に、恥をかかせることなく、穏便に納めてくださったのだ。

「先生のような大人にならなければ」

自分の顔を鏡に映してみた。他人からは年齢よりも若く見えるといわれるけれど、当たり前だが若い頃よりは歳《とし》を取った。自分の今の顔は嫌いではないけれど、中身が年齢に伴っているかはとても疑問だ。優等生といわれて難関校といわれる私立の学校に入学し、難関を突破して出版社に入社し、中途退社をして飲食店の経営をしている。ある人たちからすれば、「成功した女性」の範疇《はんちゅう》に入るかもしれないが、アキコは自分では成功したとか、優秀だとか考えたこともなかった。考えたこともないから、他人から嫉妬されたりすると、

「なぜ?」

と不思議でならなかった。店が評判になった当初は、インターネットでわけのわからない書き込みをされたりもしたが、そういう人たちは、この店や店主のアキコをターゲットにするのに飽きたらしく、今は沈静化している。自分は成功した云々《うんぬん》というよりも、思い出すたびに、頭を掻《か》きむしりたくなる黒歴史を持つ、自分でもよくわからない人間なのである。外見よりも大人として内面を充実させたいと考えつつ、この年齢になっても、まったく成長していないのが、アキコは本当に情けなかった。

天気のいい日、開店のためにシャッターを開けると、ママがすぐに出てきた。

「おはようございます。ママさん、最近、忙しそうでしたね」

「ああ、そうねえ、どうしたのかしらね。開店からすぐにお客さんが入ってくれて。夜も途切

れなかったのよ」

　言葉はぶっきらぼうだが、ママはうれしそうだった。アキコがうなずきながら聞いていると、彼女は、急に眉間に皺を寄せて、

「そうそう、あの、道路の向こう側に、似たような店ができたのよ、知ってる？」

　以前、しまちゃんが話していたけれど、そういえば、ころっと忘れていた。

「貼り紙がしてあったわよ。今週末から開店だって。きっとアキちゃんの店が繁盛しているのを嗅《か》ぎつけて、真似《まね》したんだよ。柳《やなぎ》の下にいつも泥鰌《どじょう》はいないのにさ。あの店の広さは個人じゃなくて企業がやってるんだろうけど、節操がないよね。何もこんな近くでやることはないじゃないさ」

　ママさんは悔しそうに顔をしかめ、右手をぎゅっと握っている。

「車を使う人には広い道路沿いだから、入りやすいですよね。うちと違って開店時間も長いでしょうし」

「そうなのよ。夜遅くまでやるみたい」

　アキコはしまちゃんから、どうやら競合店ができるようだと話を聞いたときも、それは仕方がないことだと考えた。アキコの店のお客様が激減して、経営が立ちゆかなくなったとしても、それはその店の運命である。社員のしまちゃんにはそれなりのお詫《わ》びと退職金と、できれば次

の就職先をお世話して、アキコは静かに身を引くつもりだ。そしてどすこい兄弟と一緒に隠居生活に入りたい。

「まったくねえ。小が大にやられるのは悲しいよね。でも小さな店には小さいなりのいいところがたくさんあるからね。そういうところをわかってくれる人だっているから」

ママはアキコの肩をぽんぽんと叩《たた》いて、店に戻っていった。

「はい、ありがとうございます」

背中に向かって声をかけると、ママは前を向いたまま、右手をひらひらさせた。

店に戻ってしまちゃんに、ママから聞いた話をした。

「すみません。このごろずっと、ネコがたくさんいる、前とは違う道を通っていたものですから。そこまで開店が迫っているのに気がつきませんでした。もっと早く報告すればよかったですね」

彼女はとても恐縮している。

「しまちゃんが謝る必要なんてないわよ。あのお店を見張っててって頼んだわけでもないんだから」

「それはそうですけど。最初に私がアキコさんにその話をしたのに。密偵として任務を遂行できませんでした」

密偵？　とアキコが笑っても、しまちゃんは真顔のままだ。前にもいったように、そのときはそのとき。私たちはずっと同じ気持ちでお客様をお迎えしましょうと、アキコはしまちゃんに話した。

「そうですね。わかりました」

しまちゃんは、ひとつ大きくうなずいた。

その日の午後、客足が途絶えた時間に、スーツ姿の男性二人が入ってきた。

「いらっしゃいませ」

しまちゃんが出ていった。年上にみえる男性が、「ご挨拶《あいさつ》」「オーナーの方」といっているのが聞こえた。しまちゃんが厨房《ちゅうぼう》にいるアキコを振り返ったので、アキコは、

「はい、私ですが」

とフロアに出ていった。どことなく見覚えのある男性二人は頭を下げた後、

「お仕事中、申し訳ございません。私共、こういう業務をやっておりまして」

と名刺を差し出した。聞き覚えのある大手フランチャイズ店企業の名が記してある。

「あの、ご存じかもしれませんが、あちらの道路の向こう側に、カフェを開店することになりまして。本来でしたらもっと早くご挨拶にうかがうべきだったのですが、遅くなってしまいまして……」

もっと早く○○すべきところが、遅くなってしまい……というのは、アキコが勤めているときに、トラブルがあった際、先方がいう謝罪の言葉のパターンそのままだった。別に彼らに謝られることも何もないので、黙って話を聞いていた。

「こちらのお店が素晴らしいので、いろいろと参考にさせていただいて……」

彼らはやたらとアキコの店を褒めちぎり、ご迷惑をかけることはございませんと、彼らの系列企業が出している、洋菓子を置いて帰って行った。

「ご丁寧にありがとうございました」

アキコは、相手に不愉快な思いをさせない主旨の、大企業のマニュアル通りの挨拶を受けながら、彼らを店の外に出て見送った。店に戻るとしまちゃんが、

「あの人たち、『お店が素晴らしいので、いろいろと参考にさせていただいて』なんて、図々しいですね」

と怒っている。

「予防線を張られたのかしら」

「こっちがクレームを出せないようにしたんじゃないでしょうね。やだなあ、アキコさんが一生懸命考えたメニューを使われたりしたら」

「まさか。向こうだってプライドがあるから、そんなことはしないでしょう」

「いいえ。今はやったもん勝ちと考えている、恥知らずの人も多いですからねっ」

しまちゃんの皿を拭《ふ》く手に力が入っている。「向こうの店が開店したとしても、密偵は必要ないから」としまちゃんに念を押し、アキコは彼女が拭いてくれた食器を棚にきちんと収めた。

8

「す、すみません。遅れてしまいました」

しまちゃんが息を切らせて走ってきた。アキコが厨房《ちゅうぼう》の時計を見ると、十分、間に合う時間帯で、いつもより一分ほど遅くなっただけだ。

「遅刻していないわよ。いつも早めに来てくれているじゃない」

「でもふだんより遅れてしまって」

しまちゃんは恐縮している。

「信号待ちが一回増えたくらいでしょ。仕事には支障がないから大丈夫」

アキコがそういうとしまちゃんは、はいといってやっと笑った。

「フミとスミが、まとわりついてきて離れないんです。いくら払い落としても……」

「払い落とす？」

「ジャンプして背中やお腹《なか》にしがみついてきたんです。今までそんなことはなかったのに」

「どうしたのかしら。急に寂しくなっちゃったのかな」

「それはどうかわからないんですけど、最初にスミが飛びついたら、真似《まね》をしてフミまでジャンプするんですよ。二人を説得していたら遅くなってしまったんです」

「それは大変だったわね」

しまちゃんは深くうなずいた。これまでおとなしくお留守番していたのに、何らかの寂しいスイッチが入ってしまったのだろうか。

「でもお店にいるときは、忘れますから」

「忘れなくていいのよ。じゃ、そろそろ準備をはじめましょうか」

「はい、よろしくお願いします」

しまちゃんはさっと厨房に入って、大きなボウルに水を張った。

切ると涙が出る、ころころに丸い玉ねぎを洗いながら、しまちゃんが、

「あのスープの店、大きいですね。赤、黄色、水色の椅子《いす》があって、華やかな感じでした。テイクアウトのカウンターもあって」

「へえ、そうなの」

横で野菜を切りながら、アキコは返事をしていた。しばらく沈黙が流れた後、アキコの頭の中にぽっと灯《ひ》がともり、

「あなたは密偵さんですか、うふふ」

と笑った。

「いえ、あの、そういうつもりでは」

しまちゃんの顔が赤くなった。またしばらく沈黙が続いた後、

「すみません、あの、どうしても気になってしまって。店内には入ったことはないんですよ。ただ行き帰りに前を通るようにしたので、つい中をのぞいてしまいました」

とすまなそうな顔をした。

「だから、いいのよ、気にしなくても。しまちゃんがそのお店に入りたければ入ったってかまわないの。ただ偵察のつもりじゃいやよ。ちゃんとそこで食事をするために入ってね」

「わかりました。それじゃ、奴でも誘っていきます」

「シオちゃんも大変ねえ」

アキコは笑いがこみあげてきて我慢できず、包丁の手をとめて肩を揺らした。しまちゃんはさっきまでの肩が内側に入ったような体勢とは打って変わって胸を張り、

「奴は奴でいいんです。本人も納得してますから」

バッティングセンターに行ったときも、どんなに教えてもあまりに下手くそなので、しまちゃんも頭に血が上り、

「おい、お前」

と怒鳴りつけると、シオちゃんは、

「はい、すみません」

と気をつけをして、じっとしまちゃんの指導を聞いているという。そして電話をかけてきたときも、自分から、

「お前です」

と名乗るのだという。

「シオちゃん、ネコ好きで優しいし。仕事もちゃんとやってるじゃない。いい人だと思うわ」

アキコは彼を褒めた。

「それはそうなんですけど。いい人すぎて心配なんです。いつか騙《だま》されますよ、あいつ。会社も友だちがしっかりしているからいいんですが、自分一人だったら、とっくに乗っ取られていますね」

男女関係にとても興味がある人は、根掘り葉掘り聞くのかもしれないが、アキコはそんな話

題にほとんど関心がないので、それでしまちゃんとシオちゃんとの話は終わった。そしてなんだかんだといいながら、いつもと同じ、仕込みが終わり、開店の準備ができた。

　店が終わり、アキコが三階に上がると、いつものように腹をすかせたどすこい兄弟が、体をぶつけてくる。アキコはこの頃、店が終わるとどっと疲れが出るようになった。兄弟にご飯をあげ、ベッドで仰向けになっていると、速攻でご飯を食べ終わった兄弟が、ベッドの上にやってきて、ふんふんと寝ているアキコの体の匂《にお》いを嗅《か》ぎ、顔のところに寄ってきて、

「ふごー、ふごー」

と喉《のど》の奥から音を出しながら、顔の匂いを嗅ぎ、ぺろぺろと舐《な》めはじめた。

「痛い、ちょっと痛いんですけど」

　アキコが顔を背けても、兄弟はまとわりついてきて、しまいにはアキコの両側にでろんと寝て、

「何かあったか?」

といいたげな顔で、彼女の顔を見ている。アキコは右脇のたい、左脇のろんをそれぞれ手で撫《な》でながら、歳《とし》を取らない、記憶の中の母の姿を思い出した。当たり前だが特に何もなければ、アキコはこのまま歳を取り、母の年齢を超えるのだ。

「人生って、いろいろなことが起こるというのは、この歳になって身にしみるようになってき

ましたよ」

アキコは両脇の兄弟に話しかけながら、体をさすってやった。アキコの体に兄弟たちの、「ふごー、ふごー」という音が響いてくる。

「お店のことなんか忘れてさあ、おれたちと遊んでくれよう」

と訴えている。アキコの「二人」の身内はこのような態度なのであるが、

「甘やかされるよりこれくらいのほうが、やる気になるのかもしれないね」

とまた兄弟に話しかけ、目をつぶったら寝てしまった。

目を開けたら、たいが右手で、

「もしもし、もしもし」

と顔を叩《たた》いていた。はっとして体を起こすと十五分経《た》っていた。ああ、それくらいでよかったと、ベッドから出て自分の夕食を作りはじめた。ふと気がつくと足元には、欠食児童のどすこい兄弟が、

「何か、おれたちにもくれるのか」

とまん丸い顔のまん丸い目で、じっとアキコを見上げていた。

三日ほど経って、新しくできたスープの店に行ってきたというしまちゃんは、機嫌が悪かった。

「メニューもうちのお店と似たような物を出していて、絶対、参考にしたのは間違いないです」

アキコは料理のレシピには、著作権はないらしいという話をし、

「私がお店に出しているメニューも、誰かが見て、自分のを真似してるっていっているかもしれないわよ」

となだめた。しまちゃんは憤慨していた。

「ところで味はどうだった」

アキコは肝心なところを聞いた。

「まずくはないですけれど、いわゆるレトルトの味ですね。パンとスープでうちの半額なんですから」

「レトルトでもいいけれど、味と中身が問題よね。ただ満腹感だけで、精神的な満足感がないのは悲しいわ」

アキコの言葉にしまちゃんはうなずいている。

「ずっと奥からレンジの音が聞こえているんですよ。店内に大きな音で音楽がかかっているのは、その音を消す狙《ねら》いがあるんじゃないでしょうか」

しまちゃんはスープのお店の厳しい評論家になっていた。

「奴に値段を取るか、味を取るかって聞いてみたんです」

アキコはかわいそうなシオちゃんの顔を浮かべた。

「『アキコさんのお店のほうが、味が深いね。体の中にしみわたるっていう感じが、ここのスープにはない』っていってました。それに『がちゃがちゃしていて、気持ちが休まらない』って」

「そう。手をかけている甲斐《かい》があったわ」

修道院のような店をと内装を考えたので、特に目立つ設《しつら》えもなく、花だけが飾ってあるそっけないこの店とは、正反対の設えらしい。

「そういうお店も必要なのよ。色鮮やかなお店だと、気分も浮き立つだろうし。そういったほうが好きな人はそちらに行くでしょう」

「それはそうなんですが」

どこか不満そうなしまちゃんに、アキコは、

「ご苦労様でした。さあ、私たちは私たちのやるべきことをやりましょうね」

と声をかけて、白いシャツを腕まくりした。

華やかで値段の安い競合店ができてから、客数が減るかなと思ったら、特別、減りもせずに、ほどほどで安定している。アキコは気にしていなかったが、しまちゃんはとても気になったよ

うで、少しでも客足が途絶えると、緊張するのが傍で見ていてよくわかった。誰も来なくても、フロアに立っているようにしているアキコが、横にいる彼女に、

「しまちゃん、深呼吸」

と声をかけた。そして肩を上下に動かすと、彼女は、はにかんでうなずき、長い両腕を広げて、深呼吸を何度か繰り返した後、また肩を上下に動かした。そうすると昔のソフトボールのピッチャー魂が蘇《よみがえ》ったのか、セットポジションをとり、ピッチングモーションに入ってボールを投げた。その瞬間、一人のがっしりとした体形の中年男性がドアを開けて入ってきた。

「あっ」

アキコとしまちゃんが同時に声をあげると、その男性は胸の前でキャッチャーミットでボールを受ける真似をして、

「よっしゃー、ストライーク」

と大声で叫んだ。一瞬、アキコは息が止まったものの、あまりのタイミングのよさと彼の神的な対応に、思わず噴きだしてしまった。

「ごめんなさい、すみませんでした。驚かせてしまって」

アキコが笑いを堪《こら》えながら歩み寄ると、彼は、しまちゃんを見てにっこり笑いながら、

「おねえさん、いい球！」

と親指を立てた。

「あ、ああ、本当にすみません。ご、ごめんなさい」

しまちゃんは顔を真っ赤にして何度も頭を下げた。

「今も草野球を続けとるから、まだまだ目は慣れとるんや。おねえさん、その体からすると、ソフト、実業団でやってた?」

関西弁で彼は聞いた。

「いいえ、高校のバッティング・ピッチャーで終わりました」

「ああ、そうか。うん、それも大事なことや。がんばったな」

しまちゃんの顔が一瞬泣きそうになり、すぐに笑顔になってうなずいた。アキコは彼を席に案内し、

「申し訳ありませんでした」

と頭を下げた。

「ええよ、ええよ、こういうの面白い。あのね、サンドイッチちょうだい」

彼はしまちゃんがパンの種類を説明しているのを、ふんふんと聞いていたが、

「ふーん、じゃあその形がドーナツみたいな、なんやったっけ、ああ、そう、ベーグル。それにしてみよか。中身はチキンで」

とまた大声で元気よく注文してくれた。

「はい、かしこまりました」

アキコとしまちゃんは手際よく、ベーグルのチキンサンドと、しまちゃんが蒸し担当の野菜のアボカド和《あ》え、ほうれん草のすり流しのスープを作りはじめた。

彼は出張で東京にやってきて、雑貨店が多いこの街に、どんな商品を女の子たちが手に取るのかを偵察しにやってきたのだという。アキコは、最近、密偵や偵察が多いなと思いながら聞いていた。彼は大阪の会社で事務用品の開発部に勤務していたが、会社が女性用の雑貨部門を拡大することになり、そのチーフに抜擢《ばってき》されたのだという。

「女の子の好きなんもんなんて、野球ばっかしやってたのに、そんなのわかりませんやん。頭抱えましたよ。ただそのおかげで中学二年の娘と、ちょっとばっかし共通の話題ができるようになったのはよかったけどね」

彼は日に焼けた四角い顔を、もっと四角にして笑った。

「ほほう、これがベーグルね。本当にドーナツみたいやね」

彼は運ばれてきたベーグルサンドをしげしげと眺め、ひと口食べて、

「うん、うまい。もちもちしてる」

と喜んでくれた。家に帰ったら、父ちゃん、東京でベーグルを食ってきたでって自慢してや

るのだそうだ。

「もしかしたら娘はもう食べてるかもしれんけどな」

緑色のほうれん草のスープも、蒸し野菜のアボカド和えも、

「うーん、体にしみる」「これもうまい」

といってくれた。食べ方もきれいで気持ちがいい。

「ありがとう、おいしかった」

彼は大きい声で礼をいって勢いよく立ち上がった。支払いを済ませて店のドアを開け、立ち止まって振り返った。

「おねえさん、がんばってな」

しまちゃんの目をじっと見ていた。

「ありがとうございます」

しまちゃんが部活のお辞儀をした。

「奥さんもな」

そういわれたアキコも、

「ありがとうございました」

と丁寧にお辞儀をすると、彼はうなずいて店を出て行った。

彼が歩いていくのを二人は店の中から眺め、

「こういうこともあるのね」

とアキコがつぶやいた。

「すみません、私がつい調子にのっちゃったから」

「そんなことないわ。偶然の出来事よ。それにしても関西の人はすごいわね。すかさずリアクションがとれるんだから。天才的だわ」

きっとこっちの人だったら、ドアを開けたとたん、ぽかんと立ち尽くしてしまうのではないだろうか。それを見事に受けてくれた彼の反射神経は素晴らしかった。

「うちはお客様に恵まれているわ。それは感謝しなくちゃ」

「本当にそうですね」

しまちゃんはトレイを厨房のシンクに下げて、食器を洗い始めた。向かいのママの店にもお客さんがひっきりなしに出入りしていた。

休みの日は一週間分たまった家事と、どすこい兄弟の相手をしなくてはならないので、アキコは一日中、体を休めるというわけにはいかない。とにかく何かをすると、すぐに疲れるようになったので、椅子に座る回数も多くなる。寝ても疲れが取れないような気がする。そんな話を生花店の奥さんにしたら、

「当たり前よ。そういう歳なんだもの。私なんかずっと前から、年中、疲れてるわよ。特にこういう商売だから、冬が辛《つら》くなってきて困るの。お湯を使うわけにいかないから、ずっと水に手をさらしているでしょう。この間も指の関節がこわばって動かなくなっちゃって、病院に行ったの。今もだましだまし、体を使ってるのよ」

という。生きている年数を考えたら、体に問題が起きるのは当たり前である。これまで大病をしなかっただけでも、ありがたいと思わなくちゃいけないわねと、奥さんと確認して帰ってきた。

「お休み、もう一日、増やそうかな」

家に帰って、膝《ひざ》の上にどっしりとした兄弟をのせて聞いてみた。もちろん彼らが明確な返事をするわけでもなく、

「何かくれないのか?」

といいたげに、鼻をひくひくさせている。

「あなたたちもいつまでも元気でいてくださいよ」

そういいながら背中を撫でてやると、兄弟はころりと「へそ天」になって、お腹へのおさすりもお願い状態になっている。

「はい、わかりましたよ」

膝から落ちそうになりながら仰向けになっている、兄弟の柔らかいふかふかしたお腹を撫でてやると、

「ふごご、ふがが」

と鼻息を荒くしながら悶《もだ》えている。

「夜、そのむっくりした手で、マッサージをしてくれるとうれしいんだけどねえ」

ネコの手がツボにぐっと入ったら気持ちよさそうなのに、兄弟にはまったくその気がなかった。

休みの翌日は、しまちゃんはその前の日よりも元気なように見える。

「昨日もバッティングセンター？」

プライベートに立ち入るわけではないが、アキコはつい、仕込みをしながらしまちゃんにたずねた。

「はい、そうです。シオちゃんも一緒で」

いつもは「奴」とか「あいつ」とかいっているのに、シオちゃんと呼ぶのは珍しい。どうして「奴」が「シオちゃん」になったのかを突っ込むのは、二人の関係性に深く立ち入りそうでよくないと判断し、アキコは、

「そうだったの。シオちゃん、バッティングは上手になった？」

とだけ聞いた。

「だめです。あの人は運動はだめなんです」

今度は「あの人」かとアキコは聞きながら考えていた。二人の関係性が遠のいたのか、近くなったのかは不明だ。

「その間、スミちゃんとフミちゃんは、お留守番なの？」

「ええ、シオちゃんもアーちゃんを連れてくるので、三人で仲よくお留守番しています」

「ああ、それはいいわね」

三毛と白黒の鉢割れのぶちと、アバンギャルドの子たちが、じゃれ合ったりくっついて寝たりしているのを想像すると、とても愛らしい。

「ネコは好き嫌いが激しいからね。仲がよくてよかったわね」

「ええ、不安だったんですけど、会わせたとたんに、みんなでじゃれ合って、ひと目でお互いに気に入ったみたいです」

「それはよかったわね。しまちゃんとシオちゃんが仲よしなのに、飼いネコが仲よくないと困るものね」

そういってからアキコはしまったと思った。立ち入ったことをいってしまったのではないかと、しまちゃんの顔を見ると、ぽっと顔を赤らめている。

「仲よしとか、そういうことは、特にないんですけど……」

「そうなの？　でも一緒に遊んだりしているんだから、気の合うお友だちなのよね」

アキコはなるべく恋愛に関する話にはならないように、軌道修正しようとした。しまちゃんは黙っていた。ああ、また余計なことをいってしまったと、アキコは後悔した。かといって謝るのも変だし、どうしたものかと考えているうちに、指を切りそうになった。

しばらくの間、二人は仕込みに関する話題以外はせず、アキコがチキンスープの味見をしている間、しまちゃんは黙って立っていた。

「どうかな」

味見用の器にスープを入れて渡すと、彼女はひと口飲んで、

「おいしいです」

とにっこり笑った。

「今日もよろしくお願いしますね」

「はい、よろしくお願いします」

しまちゃんも頭を下げて、二人の一日がはじまった。

競合店の影響もなく、以前と変わらず客数は安定し、ほどほどの忙しさで一日が終わった。

二人で食器を洗っていると、しまちゃんが、

「あのう、こんなときにいいですか」

とぽつりといった。その口調が深刻な感じだったので、アキコは、まさかしまちゃんが店をやめてしまうのかと、はっとして彼女の顔を見た、

「うん、いいけど。いい話？　悪い話？」

それしか口に出てこなかった。すると彼女は、うーんとしばらく考えた後、

「世間的にはいい話なのかもしれないんですけれど……、私にとっては悪い話になるかもしれないです」

という。アキコがしまちゃんの顔をじっと見ていると、彼女は、

「あのう、シオちゃんと結婚することになってしまいまして……」

といい、顔が真っ赤になった。

「ええっ、そうなの、おめでとう。全然、悪い話じゃないじゃないの」

「そうでしょうか。いいんですかねえ、こんなことで」

「おめでたいじゃないの。よかったわ。シオちゃんはいい人だから、うれしいわ」

「はい、ありがとうございます」

しまちゃんは照れている。

「よく結婚を発表した女性芸能人がいってますけど、私は妊娠はしてません」

アキコは、あははと笑いながら、

「それはそれでこれからの話だけど、本当によかったわ。ご両親にはお話ししたの」

「いいえ、まだです。まず、アキコさんにお話ししたかったので」

両親よりも自分を優先してくれたことがありがたくて、アキコは涙が出そうになった。昨日、シオちゃんと一緒にバッティングセンターに行ったとき、彼のことを「お前」と呼んでいるのをやめようと思ったそうだ。しまちゃんのエア剛球を受け止めた大阪の男性が、「がんばれよ」といってくれたひとことが、とてもうれしかった。口から出す言葉のひとつひとつは、とても大事だなとわかり、シオちゃんのことも、「奴」だの「お前」だのというのはやめようと反省したのだそうだ。これまで「お前」といわれるのに慣れていた彼は、その日、ずっと「シオちゃん」と呼ばれ続けて、体内の何らかのスイッチが入ったらしく、

「僕と結婚して、一生、一緒にいてくれるよね」

とバッティングセンターの後に行った、カラオケボックスで、歌を歌ってプロポーズしてくれたのだそうだ。

「何の歌だったの？」

「ＭＩＳＩＡのＥｖｅｒｙｔｈｉｎｇです。歌ったこともないのに、あんな難しい歌を必死で歌って、酸欠みたいになっちゃって。やっぱり基本的にばかなんでしょうか」

「そんなことないわよ。しまちゃんへの愛がつのったのよ」

アキコは我がことのように、いやそれ以上に喜んだ。そして今、ここからご両親に報告したらどうか。私もひとこと御礼を申し上げたいからといった。しまちゃんは最初は遠慮していたが、納得して両親に電話をかけた。そばにくっついていたら話もしにくいだろうと、フロアにしまちゃんを残し、アキコは厨房にいた。しばらくして、

「よろしくお願いします」

としまちゃんから携帯を渡された。アキコはこれまで両親にきちんと挨拶《あいさつ》をしなかったことを詫《わ》び、しまちゃんの結婚が決まったお祝いを述べた。お父さんは、あんな娘と結婚してくれる男性がいることだけでありがたいと喜んでいた。アキコはシオちゃんはとてもいい人で、私が保証しますというと、しまちゃんが横で何度も頭を下げた。

「お父さん、何ておっしゃってた?」

電話を切ってから、アキコが聞いた。

「『冗談をいうんだったら、もっと面白いことをいえよ。おれ、忙しいんだよ』っていわれました」

「ええっ、シオちゃんのことは話してなかったの」

「話してないです。いつ別れるかもわからないのに」

「お母さんは？」

「『こりゃ、大変だ。あんたウエディングドレスを着るのかい』って」

「着るの？」

「着ません。式はしません」

「でもご両親はちゃんと式をしてもらいたいんじゃないの」

「どうですかね。でも私、似合いませんから、ああいうの。それに奴は気が小さいから、きっと式の途中で倒れますね」

「奴」が復活してしまい、しまちゃんがいうとおりになるかもしれないとアキコはうなずいた。

「私の希望は事実婚で別居なんですけど」

しまちゃんが真顔になった。アキコは、シオちゃんはしまちゃんと、籍を入れて同居するのを願っているのではないのかしらと、彼の心中を察した。

「ネコとは同居してもいいんですが、奴との同居はは三か月に一度くらいでいいです」

シオちゃんはこんなに虐げられているのに、ずっと仲よしだったのは、よほどしまちゃんと縁があったのだろう。

「二人でよく相談したら」

「そうですね。面倒くさいなあ」

しまちゃんは頭を掻《か》いている。

「ねえ、しまちゃん。ずっとこのお店で働いてくれる?」

アキコはおそるおそる聞いてみた。

「はい、もちろん」

「私もできるだけ続けられるようにするから。もうしまちゃんがいない、このお店は考えられないの。もちろん赤ちゃんができたら産休もあげるし、ゆっくり体を休めてからでいいから」

自分を取り巻く環境は、これからあまり変わりそうにもないけれど、しまちゃんはいくらでも変わる可能性がある。そのなかにこの店を入れておいて欲しいというのは、わがまま極まりないのを、アキコは十分にわかっていた。でも彼女に確認せずにはいられなかったのだ。

「もしそうなったら、赤ん坊を背中におぶってでも働きます」

しまちゃんはにっこり笑った。

「ありがとう。うれしいわ。じゃ、また明日。シオちゃんによろしくね」

「はい、お先に失礼します」

お辞儀をして、しまちゃんは店を出ていった。思わずアキコは後を追って外に出て、しまちゃんの後ろ姿を見送った。

「お嬢さん、お帰り?」

ママさんが店から出てきて、アキコの視線の先をたどっている。

「珍しいね、アキちゃんが見送るなんて。えっ、まさか、やめちゃうの？」

「いいえ、それはないです」

ママはほっとした表情になった。

「あのさ、あの子の後ろ姿、リュックを背負ってるじゃない。あれをぐーっと縮めて、ちっちゃくすると、小学生のときにランドセルを背負った、アキちゃんそっくりになるんだよね」

「えっ？　私と？」

「そう、アキちゃん、自分が歩く姿を後ろから見たことないでしょ。まあ私もないんだけどさ。背筋をすっと伸ばして、まっすぐ前を向いている感じがそっくりなんだよね」

「そうなんですか」

「うん、いつも思ってた。体格は全然違うんだけど、ああ、歩き方が同じだって。カヨさんとアキちゃんの歩き方は全然、違ったけどね」

アキコは母の、歩いていてもすぐに傍らにある店が気になり、あっちに寄り、こっちに寄りする、どこか、くねっとした癖のある歩き方を思い出した。

「不思議だね、他人なのにさ」

アキコは人混《ひとご》みに紛れて遠ざかる、しまちゃんの後ろ姿を見ていた。思いがけずにそんなことをいわれたけれど、うれしさがこみ上げてきた。

「本当にそうですね。これからもしまちゃんやママさんに助けてもらって、店をがんばっていきたいです」

アキコがそういうと、ママは感慨深げに、

「やっとそこまできた。長い道のりだったねえ。欲のないお嬢さんもやっと店のオーナーの自覚がでてきたか」

とつぶやいた。

「いえ、これまでの方針は変えませんけど」

「まあ、それはアキちゃんのやり方だからね。あたしも老骨に鞭《むち》打ってやっていきますよ」

「よろしくお願いします」

アキコは頭を下げた。

「はい、こちらこそよろしくね。あ、お客さんだ、じゃあね」

ママはあわてて店に駆け込んでいった。アキコもシャッターを閉めて自室に戻ると、いつものように、どすこい兄弟の突進を受けた。

「あなたたちを連れてきてくれたおねえさんに、とてもいいことがあったよ」

アキコが話しかけても兄弟は、自分たちのご飯に関することではないとわかったらしく、

口々に、

「うわあ、うわあ」「うにゃああ、うにゃあああ」と飼い主の言葉をさえぎるように絶叫し続けている。

「はい、わかりました」

アキコが兄弟のご飯の準備をはじめると、彼らはキッチンのシンク下の扉に手をついて、立ち上がった。まん丸い目を見開いて必死になっている。

「今度おねえさんに会ったら、おめでとうございますっていうのよ」

しかし欠食児童の兄弟は、アキコの言葉など完全に無視している。待ちに待ったご飯が目の前に出てくるまで、

「わあああ」「うあああああ」

といつまでも体全体で叫び続けて、アキコを苦笑させた。

本書は書き下ろし小説です。

著者略歴

群ようこ（むれ・ようこ）
1954年東京都生まれ。1977年日本大学芸術学部卒業。本の雑誌社入社後、エッセイを書きはじめ、1984年『午前零時の玄米パン』でデビュー。その後作家として独立。著書に『無印良女』『ひとりの女』『かもめ食堂』『ヒガシくんのタタカイ』『ミサコ、三十八歳』『れんげ荘』『働かないの　れんげ荘物語』『ゆるい生活』『衣にちにち』『パンとスープとネコ日和』など多数。

Kadokawa Haruki Corporation

群 ようこ

優《やさ》しい言葉《ことば》　パンとスープとネコ日和《ひより》

*

2015年12月18日第一刷発行

発行者 角川春樹
発行所 株式会社 角川春樹事務所
〒102-0074 東京都千代田区九段南2-1-30 イタリア文化会館ビル
電話03-3263-5881（営業） 03-3263-5247（編集）
印刷・製本 中央精版印刷株式会社

ISBN978-4-7584-1276-6 C0093
http://www.kadokawaharuki.co.jp/

群 ようこの本

パンとスープとネコ日和

唯一の身内である母を突然亡くしたアキコは、永年勤めていた出版社を辞め、母親がやっていた食堂を改装し再オープンさせた。しまちゃんという、体育会系で気配りのできる女性が手伝っている。メニューは日替わりの〈サンドイッチとスープ、サラダ、フルーツ〉のみ。安心できる食材で手間ひまをかける。それがアキコのこだわりだ。そんな彼女の元に、ネコのたろがやって来た——。泣いたり笑ったり……アキコの愛おしい日々を描く傑作長篇。

群　ようこの本

れんげ荘

月10万円で、心穏やかに楽しく暮らそう！　――キョウコは、お愛想と夜更かしの日々から解放されるため、有名広告代理店を45歳で早期退職し、都内のふるい安アパート「れんげ荘」に引っ越した。そこには60歳すぎのおしゃれなクマガイさん、職業"旅人"という外国人好きのコナツさん……と個性豊かな人々が暮らしていた。不便さと闘いながら、鳥の声や草の匂いを知り、丁寧に入れたお茶を飲む贅沢さを知る。ささやかな幸せを求める女性を描く長篇小説。

ハルキ文庫